わるじい義剣帖（一）

またですか

風野真知雄

双葉文庫

目次

わるじい義剣帖（一）

またですか

第一章　ハエに色を塗る男

一

「あーあ、つまらんなあ」

愛坂桃太郎《あいさかももたろう》は、朝からため息をついた。

しばらく庭を眺めるが、茶をすすって、

「なにか面白いことはないものかのう」

また、つぶやいた。

還暦間近の男が、こういう心境にあるというのは良くないと、しばしば話に聞く。

「退屈は惚《ぼ》けの元だ」

というのである。さらに極端な説では、

「退屈は惚けの始まり」

とまで言ったりする。

「面白いことを自分で工夫しなければいけない」

そう書いた書物も読んだことがある。

たしかに、自分でもそんな気がする。

いちおう、それなりに面白いことを工夫してはいるのである。

屋敷で飼っている猫をじゃらすのに、釣竿に糸をつけ、針の代わりに小さな手《て》鞠《まり》をつけて、振り回している。

猫は夢中で追いかけ回し、食いついて離さないときは、猫が釣れたみたいになる。桃太郎はこれを〈猫釣り〉と称していて、くだらないが、やるとけっこう面白い。

やはり屋敷で飼っている犬三匹と遊ぶときは、庭の隅に穴を掘り、桃太郎は反対側の隅からこの穴めがけて、鞠を転がす。

犬は鞠を追いかけて咥えようとするので、穴に入れるのは容易ではない。この遊びは、〈犬外し〉と名づけた。

鞠を五回転がして、一回でも入ったら、桃太郎の勝ちということにした。うまくいったときは、ついつい、

「勝った！」

などと叫んでしまうが、犬はたいして悔しそうでもない。

また屋敷では、牝牛《めうし》一頭を飼っているが、乳を取るために、昨日、深川《ふかがわ》の百姓家から牡牛《おうし》を連れて来てもらい、種つけをした。

もともとは、牡牝二頭を飼っていたのだが、去年、仔牛が産まれたのを期に、知行地《ちぎょうち》の百姓に牡牛と仔牛は引き取ってもらっていた。屋敷の下男たちが、牛の世話が大変過ぎると、倅《せがれ》でいまはこの家の当主である仁吾《じんご》に直訴したのだった。

種つけのようすをじっくり観察していると、百姓がニタニタ笑って、

「お殿さまも、相当好きですな」

と、言った。別に好きで見ていたわけではなく、これも単なる退屈しのぎだったのである。

退屈のわけは、わかっている。

桃太郎はひと月ほど前まで、八丁堀《はっちょうぼり》の坂本町《さかもとちょう》で、長屋暮らしをしていた。

同じ長屋には、仁吾がかつて手をつけた芸者の珠子《たまこ》と、倅の子、すなわち桃太郎の孫の桃子《ももこ》がいて、毎日、孫と遊ぶことができた。

それは、退屈しのぎどころか、桃太郎の生き甲斐にもなっていた。

ところが、珠子は町方同心の雨宮五十郎《あまみやごじゅうろう》というマヌケな男といっしょになったため、八丁堀の役宅に移り住むことになった。

桃子がいなくなってしまっても、しばらくはまだ、長屋にいるつもりだったが、珠子のいた家に、なんだか色気の抜けない六十代の婆さん姉妹が入ってきて、やけに桃太郎に声をかけてくる。それも鬱陶《うっとう》しくて、結局、駿河台《するがだい》の屋敷にもどって来てしまった。大家の卯右衛門《うえもん》からは、

「店賃《たなちん》はいらないから、いてくださいよ」

と頼まれ、詫びながらの引っ越しだった。

こっちの屋敷にも孫は三人いるが、皆、男の子だし、生意気盛りだから、じいさんと遊ぶなんてことをしてくれるわけがない。加えて妻の千賀《ちか》や、嫁の富茂《とも》などの女どもが、

「悪い影響を受けるから」

と、どうも遠ざけているような気がしている。

そんなわけで、毎日、生きものを相手に一人遊びをつづけてきた。

だが、やっているときはそれなりに面白いが、終わったときの空《むな》しさといったらない。すぐに孫の桃子の顔が浮かび、

――桃子。じいじはお前と遊びたいよ。

そう、思ってしまう。

もっとも、珠子のほうも気を遣ってくれて、

「おじじさま。いつでも桃子に会いに来てくださいな」

と、言ってくれてはいる。

だが、だからといって、始終、同心の役宅に遊びに行くわけにはいかないのである。

向こうはすでに、新しい暮らしを始めている。珠子だって、元芸者があいう堅苦しい役人ばかりが集まったなかで暮らしていくには、気苦労が多いはずである。さぞや、毎日、疲れているだろう。

そこへのそのそ、暇な年寄りが出かけて行けば、じっさいは忙しくて相手できないときもあるだろうし、邪魔なときもあるはずである。

――わしは野暮《やぼ》なことはしたくない。

だいたいが、一年前までは、孫を猫っ可愛がりするなんてことは、みっともなくて恥ずかしいと思っていたのである。それが、桃子を見た途端、恥も外聞もなく、可愛がるようになってしまった。「じじ馬鹿」と言われると、それが褒め言葉みたいに聞こえてしまったのだから、呆《あき》れたものである。

そこへさらに、野暮でもいいから押しかけたいとなれば、ほとんど惚け老人だろう。さすがにそこまではなりたくない。

かくして、まだ一度も八丁堀の役宅を訪ねていないし、ひと月近く桃子の顔も見ていないのである。

――そろそろ、一度くらいはいいか。

とも思うのだが、一度行けば、また、毎日行きたくなるのはわかり切っている。

だから、今日もこうして、猫釣りと犬外しに励んでいる。

痩《や》せ我慢である。

が、痩せ我慢は、男にとって、誇りの別のかたちなのだ。

昼になって腹が減ってきた。

千賀と昼飯を食うと、どうせまた、嫁の愚痴を聞かされるのはわかっている。千賀は最近、孫に甘いというので、嫁から文句を言われたのだ。桃太郎からすると、嫁は厳し過ぎるし、千賀は甘過ぎる。どっちも期待し過ぎているからで、子どもというのは、あまり期待しないで、とくに男の子などは適当にうっちゃっておくほうがいいのだ。

桃太郎は、千賀に見つからないうちに屋敷を抜け出し、外で昼飯を食うことにした。隠居すると、皆、小遣いに不自由する、ろくろく外食もできないと言っているが、桃太郎はいろいろ面倒ごとを解決した謝礼が貯まっていて、小遣いにはしばらく不自由しなくてすむはずである。

駿河台を下りてきたところの三河町《みかわちょう》にあるそば屋に入った。

ここは、桃子を抱いた珠子と初めて会って、いっしょに入った店である。以来、ときどきここで食べている。

あのときは、桃子はまだ生まれて三、四カ月の、手のひらに載りそうなくらい、ちっちゃな赤ん坊だった。

あれからほぼ一年が経ったのだ。ずいぶんいろんなことがあったような気もするが、振り返ると、あっという間である。

思い出して、泣きそうになっていると、

「ご注文は？」

と、訊《き》かれた。

「ああ、天ぷらそばでな、天ぷらを三本入れて、そばを半分くらいに減らしてくれ。値は適当に算段してくれ」

飯やうどん、そばは少なくして、その分、魚や豆、野菜を食べるようにしている。医者の横沢慈庵《よこざわじあん》から勧められたのだが、実行していると体調がまるで違う。腹回りの肉も落ち、その分、身体の切れもよくなっている。

注文したそばができてきて、食べ始めたときである。

近くにいた五十くらいの職人らしい客が、

「まったく、うちの健吉《けんきち》ときたら、なに考えてんだか、ハエに赤い色を塗って、育ててやがんだよ」

と、そば屋のおやじに言った。

「ハエを赤くしてる？　なんだ、そりゃ？」

おやじが、笑って訊いた。

「おれも、それはなんかの呪いか？　って訊いたんだ。だが、教えないときた」

「そんな呪い、聞いたことないね」

「おれも知らねえ。まったく、近ごろの若い者の考えることはわからないね」

このやりとりに桃太郎はついつい首を突っ込んだ。

退屈していると、こういうことになるのである。

二

「それは面白そうな話だな」

と、桃太郎は言った。

「え？」

客は怪訝《けげん》そうな顔をしたが、

「こちらは駿河台の殿さまだよ」

と、そば屋のおやじが親しげに言ったので、

「いやあ、面白くはありませんよ。蠅帳《はいちょう》の古いのを出してきて、ハエを防ぐどころか、なかで飼ってるんですから。しかも、真っ赤にしたやつをですよ」

と、客はさらに詳しく語った。

「どうやって赤くするんだ？」

「捕まえて、朱の墨を摺った液につけてるみたいです。いっぺんじゃ、なかなか真っ赤にはならねえんで、なんべんもつけるみたいです。ご苦労なこってですよ」

「何匹くらい？」

「数えたことはありませんが、ずいぶんいますよ。百匹、二百匹くらいはいるんじゃないですか」

ハエの季節にはちょっと早いが、このあいだうち、暑い日がつづいたので、出てきていたのだろう。ハエなどは、干物でも置いていたら、すぐにたかってくる。

「ずっと飼うつもりなのか？」

桃太郎はさらに訊いた。

「そのうち放すとは言ってますが、ハエのほうも、あんなに赤くされちゃあ、放されてもこっ恥《ぱ》ずかしいでしょうね。へっへっへ」

と、客はおやじと顔を見合わせて笑った。

「健吉というのは、仕事はなにをしているのだ？」

「植木屋です。あっしは、その向こうにある〈梅勘《うめかん》〉てえましてね」

「なんだ、梅勘か。うちにも来てもらっているはずだぞ」

「え、どちらさまで？」

「わしは愛坂だ」

「なあんだ、愛坂さまでしたか。はいはい、お世話になってます。ご家来の方には、牛の餌《えさ》の牧草のことで相談されたりも」

愛坂家の屋敷は千三百坪ほどあり、ほかの屋敷と違って、大半はただの原っぱみたいになっているが、それでも玄関回りだけは、女たちがうるさいので、庭師を入れてきれいにしているのだ。

「あっはっは。あれは、わしの道楽でな。それで、健吉というのは倅なのか？」

「いえ。うちは娘しかいなくて、健吉は大坂の瀬戸物問屋に嫁いだ姉の子どもなんです。三男坊で植木屋になりたいってんで、あっしのところで修業してるんですよ」

「健吉は虫が好きなんじゃないのか？」

と、桃太郎は訊いた。桃太郎は、犬猫ばかりでなく、じつは虫も大好きである。子どものときから、庭にいる虫を捕まえては、じいっと観察したりした。とくにテントウムシが好きで、いろんな模様のやつを探したこともある。ハエは鬱《うっ》陶《とう》しいし、見た目がボロを着ているみたいで、あまり好きではないが、興味を持つ者がいても、不思議ではない。

「いやあ、そんな話は聞いたことはねえです」

「道楽はあるだろう？」

「道楽ねえ。いまどきの若いやつって、意外と遊ばねえんですよ」

「そうなのか？」

「というか、おれたちみてえな、飲む、打つ、買うのいわゆる三道楽には、あまりのめり込まねえんですよ。なんか、仲間と集まって、囲碁だの将棋だのをやってるのが楽しいみたいですぜ」

「囲碁将棋ねえ。独り身なのか？」

「ええ。いま、二十二なんですがね。まあ、いずれ大坂にもどって独り立ちすることになると思うんですが、いまは適当にのんびりやっているみたいです」

「ほかに変わったところはないのか？」

「まあ、いまどきの若いやつで、調子はいいが、頼りにならねえってとこで。なんせ大坂育ちですので、愛想はいいですよ」

「なるほどな」

桃太郎はうなずいた。

「植木屋の腕は悪くねえんだろう？」

と、わきからそば屋のおやじが訊いた。

「ああ、悪くねえどころか、やっぱり大坂や京都で、大店《おおだな》や神社仏閣の庭を子どものときから見てきたせいもあるのか、庭造りにはおれもかなわねえところがある」

「へえ」

「いまは、すぐそこの家をやってるんだが、まかせっきりだよ」

「すぐそこって？」

「ほら、そっちの角を曲がって二軒目の……」

「あそこは、棟梁《とうりよう》……」

「ああ、石町《こくちよう》の〈山中屋《やまなかや》〉の隠居家だよ。ふた月くらい前に隠居が亡くなって、いまは妾《めかけ》が一人暮らしさ」

「あの家、妾がもらったのかい？」

「そうみたいだぜ。妾もずいぶん尽くしたそうじゃねえか。世話になったってんで、いまの旦那がぽんとあげたんだとさ。もっとも、山中屋はあれだけの大店だもの、あんな家の一軒や二軒はどうってことねえだろうよ」

「たしかにな」

そば屋のおやじはうなずいた。

桃太郎は二人のやりとりを聞いてから、

「ふうむ。ハエを赤く塗るか。面白い話だのう」

もう一度、言った。


そば屋を出ると、桃太郎は話に出ていた山中屋の隠居家を見に行ってみることにした。なにせ、このまま屋敷にもどっても、犬猫と遊ぶか、出が悪くなっている牛の乳しぼりくらいしかやることがない。犬猫も人間の年寄りより、同じ種族同士で遊びたいだろうし、牝牛も痩せた乳房を揉まれるのは気持ち悪いはずである。

角を曲がって二軒目……。

——ここだ。

なるほど、いかにも大店の隠居の住まいらしく、こじゃれた造りである。敷地は七十坪くらいか。建坪がそんなにないので、庭はかなり広く見える。周囲をウコギと組み合わせた竹垣で囲んであって、高さは一間近くある。隙間からなかをのぞくと——。

樹木は、椿《つばき》やクスノキといった常緑樹の一画と、紅葉《もみじ》などの落葉樹の一画に分かれ、あいだにはこぶりの池もつくられている。池の奥の石組も立派なもので、桃太郎の屋敷の庭より、遥かにきれいである。梅勘も、こっちのほうがずっとやりがいがあるだろう。

梅勘の甥っ子である健吉の姿を捜すと、石組の裏で弁当を食っているところだった。丸い顔がさっきの棟梁になんとなく似ていて、なるほど甥っ子らしい。

もう一人、廊下で板戸の修理をしている男もいるが、あれは建具屋だろう。ただ、赤い手拭いをこれ見よがしに首に巻いていて、それがやけに目立つのが、桃太郎には気になった。

——姿の顔が見たいな。

ウコギの葉のあいだに、顔をぐっと突っ込むと、

「どうかしましたか？」

後ろから、厳しい声が飛んできた。

三

「なんですか、お武家さまともあろうお人が、他人の家をのぞいたりして」

「あ、あんたの家か。すまん、すまん、立派な庭なので、つい、のぞいてしまったのだ。許してくれ」

と、慌てて詫びたが、

「あれ？」

桃太郎は怒っている女の顔をじいっと見た。

いちおう美人と言っていいだろう。が、あまりこれという特徴がない。一つずつはさほどいいものではないが、置きどころが絶妙という顔である。

この手の美人は、記憶に残りにくいのだ。

「お前はたしか……」

相手も桃太郎に見覚えがあったらしく、しばらく二人で見つめ合ったが、

「ええと、そうそう、お目付の愛坂さま」

先に女が言った。

すると、桃太郎も思い出した。

「ああ、あんたは、清水孝三郎《しみずこうざぶろう》をめろめろへけへけにした女ではないか。そうそう、名はおぎんといったな」

「なんですか、めろめろへけへけって？」

「わけがわからないくらい夢中にさせたってことだよ」

清水孝三郎というのは、桃太郎と同年代の旗本だったが、まだ目付をしていたころだから四年ほど前に、奇妙な死に方をしたため、調べに入ったことがあった。おぎんは清水の妾になっていて、事情も知っていたらしかったので、何度か話を聞いたりしたのだった。あのころ、まだ二十歳くらいで、当時も清楚な感じのする美人だったが、いまはそこはかとない色気が加わっている。

「そうか。ここは、あんたの家なのか」

「というか、亡くなった方の家で、譲り受けたばかりなんですよ」

「山中屋のご隠居だろう？　噂で聞いたよ」

「そうですか。お恥ずかしい話ですが、また、お妾になってたんですよ」

おぎんは黒い着物姿で、手首に数珠《じゅず》をつけている。

「喪に服してるんだな」

「そりゃあ、まだふた月しか経ってませんから」

「ちゃんと一年やるのかい？」

「もちろんです」

「律儀なお妾だな」

つれあいや家族ならともかく、妾などは喪に服しても、せいぜい四十九日くらいだろう。ひどいのは、初七日が済む前から、遊び呆《ほう》けていたりする。

「大事にしていただきましたのでね」

「でも、こんな立派な家をもらったんだから、たいしたもんだ。ずいぶん看病でもしてやったのかい？」

「いいえ、ぜんぜん。亡くなる日の朝も元気だったのが、石町のお店に行く途中で、疾走して来た荷車にはねられてしまったんですよ。横から飛び出した旦那にも落ち度があったらしいんですが」

「そうか、事故だったのか」

「身体はどこも悪いとこなんかなかったんです」

「それはそれは」

「ただ、ご隠居さまが、ご本家の人たちにも、おぎんはよくあたしの面倒を見てくれていると、つねづねおっしゃってくださっていたので、ご当主がお礼だと、この家をくださったのですよ」

「そりゃあ、たいしたもんだ」

桃太郎はもう一度、家全体を眺めて言った。これだけの家作《かさく》を売れば、一生、食うに困ることはないだろう。

「旦那も気に入って住んでいたので、あたしも大事に住みつづけようと思いましてね。ただ、古くなってきたところもあるので、建付けだとかはいま、手を入れてるんです」

「なるほどな」

それで建具屋や庭師が入っていたのだ。

「愛坂さま。よかったら、お茶でも」

おぎんは、ちょっと恥ずかしそうにして言った。

「馳走してくれるのか？」

「そりゃあ、お茶くらいは。ご酒はお出しできませんけど」

「だが、一人であんたの家に上がると、色香《いろか》に惑わされそうだからな。なにせ、わしもあれから隠居してしまって、隠居になると若い女に騙されやすくなるというし」

「また、そういうことを」

「こう見えて、わしはけっこうウブなんだ」

桃太郎は、じつは本気でそう思っている。なんでこんなにウブな男が、方々でワルだの不良だのと言われるのか、自分でも不思議で仕方がない。

「ご冗談ばっかり。愛坂さまだって、お妾の一人や二人……」

「馬鹿言っちゃいかん。わしは妾なんていないし、いままでも一度だって持ったことはないよ」

「嘘。ぜったいおもてになるでしょ」

「なにを根拠にそんなことを言うのだ」

「雰囲気ですよ、雰囲気」

「いやいや、たいしてもてたとは思えないな」

蟹丸《かにまる》という若い芸者の顔がちらりと浮かんだが、あの乗り換えぶりを思うと、やはりそれほど惚《ほ》れられていたとは思えない。それでも過去には何度か、色っぽいことはあったが、その場合も口説きに口説いて、拝み倒して相手をしてもらったようなもので、もてたという感じはまったくない。

「妾って、やっぱり悪いことですかね？」

おぎんは真面目な顔で訊いた。

「どうかな。だが、本家からしたら、困ったものだろう？　本妻は怒るだろうし」

「愛坂さま。あたしは、怒るような本妻がいるときは、自分から身を引いてきたんですよ」

「ほう」

「じっさい、清水さまも、奥方はすでに亡くなられていたし、山中屋のご隠居もそうですよ。本家に憎まれたり、嫌われたりするようでは、ほんとの妾とは言えません」

おぎんはそう言って胸を張り、

「愛坂さま。立ち話もなんですから」

と、言った。

桃太郎は少し考えて、

「だったら、ほら、わしの同僚がおっただろう？」

「ええと、朝比奈《あさひな》さま？」

「そうそう。いまから誘って、あいつも連れて来るよ」

「ええ、どうぞ。お待ちしております」

おぎんはそう言って、こじゃれた家のなかに入って行った。

四

桃太郎はその足で、浜町河岸《はまちようがし》沿いにある朝比奈留三郎《とめさぶろう》の屋敷にやって来た。

去年の火事で焼けたが、いまはすっかり新しくなっている。

小者に声をかけると、庭のほうにいるというのでぐるりと回ると、朝比奈は一人で剣術の稽古をしていた。

そっと眺めることにする。

なにやら妙な稽古をしている。

刀は鞘《さや》に納まっていて、まっすぐに立っている。そのうち、首を伸ばすようにした。釣りの真似のように、クイッ、クイッと動かしたりする。

――変な構えだな。

と、思ったら、急にがくりと腰が砕けた。

同時に、居合い抜きのように剣が走った。

「ははあ」

朝比奈の狙いは読めた。

首を伸ばして動かしたりしたのは、誘いなのだ。さあ、わしの首を斬れるものなら斬ってみろと。

それで、相手が首を狙ってきたときに、かくっと身体が沈み込む。

すると、相手の剣は空を斬るが、抜き放たれた朝比奈の剣は、敵の胴を真っ二つにするというわけである。

――面白いことを考えたものである。

桃太郎は声をかけた。

「秘剣鶴《つる》の舞《まい》か？」

「よう、桃、見てたのか」

「面白いな。今度の秘剣は」

あの首に誘うしぐさは面白い。相手は笑ってしまうかもしれないが、笑えば脱力するので、その時点ですでに成功したと言える。

「うむ。塚原卜伝《つかはらぼくでん》の〈傘の下〉の剣捌《けんさば》きを考えていたらこうなったんだ」

秘剣傘の下は、名のみ伝わるだけで、剣捌きは謎なのである。

「大事なのは、沈み込むときの速さだよな」

と、桃太郎は言った。

「そうなのさ。もっと速く腰を落とさないと、頭半分が斬られてしまうかもな。ま、もうしばらく稽古してみるよ」

「うん。それがいい。体調も良さそうだしな」

顔色はいいし、なにより生気が感じられる。

「そうなんだよ。むしろ、去年より良くなっているくらいだ」

「やはり、飯やそばの量を減らしたのがいいのかな？」

「それはあるだろう。それとな、横沢慈庵から勧められたクマザサ茶と柿の葉茶を、朝と晩に飲んでいるのだが、あれも効いているような気がする。年寄りにいいらしいから、桃も飲んでみたらどうだ？」

「やっぱり年寄りかい」

自分で言う分にはいいが、他人から言われると傷つくのだ。

「年寄りだろうが」

「素直にうなずきたくはないが、試しに飲んでみるか」

せめてあと十年くらいは、困ったときに桃子を助けてやれるような身体でいたい。

朝比奈が分けてくれた分を袂《たもと》に入れると、

「ところで、留、退屈してるだろう」

桃太郎は決めつけた。たいがいの年寄りは退屈しているのだ。

「そりゃあ、桃といっしょにいたときみたいに、いろんなことは起きないが、だが、これはこれでいい暮らしだからな」

「ふん」

「桃は物足りなくてしょうがないのだろう。桃子がそばにおらぬからな」

「そうなのさ」

「雨宮家に遊びに行けばいいではないか」

「それがたまに行ったとするだろう。行った次の日から、前より退屈でたまらなくなるに決まっているのだ。たまに会うというのは駄目だな。毎日か、それとも年に一回くらいにするかだ」

「それは極端だろうが」

朝比奈は呆れたように笑った。

「ところで、留、清水孝三郎の一件は覚えているよな？」

「清水孝三郎？　ああ、生き埋めで死んだやつだろう？」

「そうそう」

「あれは間抜けな騒ぎだったな」

桃太郎と朝比奈が、目付を引退する少し前に起きたできごとである。九百五十石の旗本だった清水孝三郎は、鳥越《とりごえ》の千坪ほどの屋敷に住んでいたが、あるとき隣の屋敷で地崩れが起き、その下敷きになって亡くなってしまった。地崩れは、清水がひそかに掘っていた穴が原因だった。

だが、なんだって清水は隣家の地中など掘っていたのか？　清水はなんと、近所に囲っていた妾と、会いたいときに会うための地下道を掘っていたのだった。

「あのときの妾を覚えているか？」

と、桃太郎は訊いた。

「ああ。あれはなかなかきれいな娘だったな」

やはり覚えていた。

「留もそう思ったのか？」

「思ったよ。しかも、妾だけど、すれっからしの娘という感じはしなかっただろう」

「そうなんだよな。たしか、あの近所の貧しい長屋育ちで、金に対する執着はあったかもしれんが、なんか憎めない感じがしたんだよ」

「ああ、根はお人好しだったんだろうな」

「清水もよっぽど惚れたんだろうな」

「そりゃそうだよ。あそこまでのことをしたんだから」

「ふっふっふ」

桃太郎は含み笑いをした。

「なんだよ？」

「じつは、今日、ばったり会ったんだ」

「どこで？」

「うちの近くだ」

「お前、妙な気を起こしたのか？」

「馬鹿言うな。だが、お茶を飲みに来いと言われたよ」

「いま、なにをしてるんだ？」

「あのあと、大店の隠居の妾になったけど、亡くなって一人暮らしなんだと」

「へえ」

「一人じゃなんだから、朝比奈も連れて来ると言って来たんだ。留のこともちゃんと覚えていたぞ」

「そりゃ嬉しいな」

「だろう。だから、退屈しのぎに行ってみないか？　じつは、ちょっと別の面白い話がからんでいるんだ」

「よし、行こう」

爺さん二人は、途中で茶菓子など買って、いそいそとおぎんの家に向かった。

五

二人が通されたのは、庭が見渡せる一階の八畳間である。隣に狭いが茶室があり、台所の向こうに女中部屋、二階は寝間にしている六畳間があるだけらしい。

桃太郎と朝比奈が並んで座り、向かい合って、おぎんが座った。

女中が、お茶と桃太郎たちが買って来た茶菓子を出して引っ込んで行くと、

「あの節はどうも」

おぎんは丁寧に頭を下げた。

「いやいや、わしらは恨まれているのかと思っていたから、桃からお茶に誘ってくれたと聞いてびっくりしたよ」

と、朝比奈が言った。

「恨むだなんて、お二人とも気を遣いながら、いろいろお訊ねになってましたよ」

「そうだったかね」

朝比奈がうなずくと、

「それにしても、清水は不運だったな」

と、桃太郎は言った。

「はい。いいお方でしたけど」

「そうだな」

歳は桃太郎や朝比奈と同じくらいだった。ということは、ずいぶん若い女に入れあげたわけである。

「ずっと面倒見てもらうつもりでいたんですよ」

「そうか。だが、あいつも、もう少しいい方法を考えればよかったのにな。わざわざ地下道など掘らなくても、あんたを女中にして屋敷に入れるとか」

「お母さまがご存命で、厳しいお人だったみたいで、たぶん堅苦しい屋敷を抜け出たかったんですよ」

「そうか。でも、あんたの家までは一町近くあったよな」

「そうですね」

「隣の下まで進んだところで生き埋めだものな」

「ついてなかったですね」

「ついてないというか」

だいたい、一町あまりも穴を掘ったら、出る土も相当な量になるし、それはどうするつもりだったのか。

改めて考えると、清水も馬鹿なことをしたものである。

桃太郎は、庭から家のなかまで一通り見渡して、

「それにしてもいい家だな」

と、褒めた。

そろそろ夕方が近いが、まだ建具屋が雨戸を直しているし、庭では、例の健吉が木々の剪定《せんてい》をしている。二人とも、ときどきちらちらとこっちを見るが、その

目にはなにやら敵意めいたものが感じられる。

「ありがとうございます。でも、古い家を買ったものなんですが、そもそも造りがいろいろ凝《こ》っているので、いざ、手を入れたら大変なんですよ。一流の職人でないと。細かいところもいじれなくなっているみたいです」

「ほう」

「あたしは、家よりも、旦那といっしょに集めた絵が自慢なんですよ」

おぎんはそう言って、床の間の掛け軸を指差した。

田舎家を描いたもので、なにやらにじんだような筆遣いである。

「池大雅《いけのたいが》なんです」

「ふうむ」

桃太郎は朝比奈を見た。

朝比奈はわかったような顔でうなずいている。

「二階には、もっと自慢の絵があるんです」

「見せてもらおうか」

「ぜひ」

上がると、なにやら寝間らしい雰囲気があり、ここでおぎんが寝ているさまを想像すると、桃太郎はにやにやしたくなってしまう。

「これなんです」

指差したのは二曲一双《にきよくいっそう》の屏風《びようぶ》で、生きものたちがいっぱい描いてある。

「ほう、これはいい」

と、桃太郎は言った。

「そう思われます?」

「うむ。こんな凄い絵は初めて見た」

地面いっぱいに軍鶏《しやも》がいて、餌をあさっているのだが、本物の軍鶏より、迫力がある。どの軍鶏も恐ろしく精密に描かれ、じっと見ていると、なにやら脇の下がぞわぞわしてくるような、薄気味悪さも感じてしまう。

「伊藤若冲《いとうじやくちゆう》という絵師が描いたんです」

「いのうきゃくちゅうがな」

と、桃太郎はうなずいた。

「江戸ではそれほど知られていないのですが、京都では寺社の襖絵も描くくらい有名なんですよ」

「いや、そうだろう。生きものをここまで描ける絵師はそうはいないさ」

桃太郎は、絵の良し悪しより、生きものを真面目に精密に描いたというところに才能を感じたのだった。

ふたたび下の部屋にもどると、今度は仏壇より、神棚に目がいった。

お札には、〈赤神大神宮《あかがみだいじんぐう》〉とある。

「珍しい神さまだな」

と、桃太郎は言った。

「ああ、亡くなった旦那が、奥州《おうしゅう》の田舎から出て、一代であそこまでの大店にしたんですが、この田舎の神さまを拝んでましたのでね」

「あんたも拝んでるんだ？」

「そりゃあ、粗末にしたらバチが当たりますから」

「感心だな」

「これでも、けっこう信心深いんですよ」

「けっこうなことだ」

神仏を信じていれば、そうそう道に外れたことはしないだろう。

「そういえば、このあいだ、危難が迫っていると、易者《えきしや》に脅かされましたよ」

「易者？」

「いつも、鎌倉河岸《かまくらがし》の、あたしがよく行く魚屋の近くに座っているんですが、当たると評判らしいんです」

「なんか悩みでもあったのかい？」

「いいえ、あたしから訊いたんじゃなくて、向こうから声をかけてきたんです。おや、姐《ねえ》さん、近ごろ、大事な人を亡くされたみたいだねって。なんでわかるのって訊いたら、ここらあたりの靄《もや》がすっぽり抜け落ちているって」

「靄が？」

「そう。人は、いつも身体の周囲に靄が出ていて、見える人には見えるんですって」

「そりゃあ怪しい話だな」

桃太郎は斜めの笑みを浮かべて言った。

「ですよね」

「こう見えても、わしは人相学《にんそうがく》を学んだことがあるのだ」

「そうなんですか？」

「ああ、この留もいっしょにな」

「あら」

「だが、わしらは才能がないみたいでな。しょっちゅう、二人で来月の運勢を当てっこしていたが、一度も当たったことはないのだ」

　桃太郎がそう言うと、

「そう。こいつには何度も、お前、来月は死ぬことになっているぞと予言されたよ」

「わしだって、お前は子どもを孕《はら》むと言われただろうが」

「だが、そう出ていたのだからしょうがないだろう」

　言い合っていると、おぎんは笑って、

「まあまあ、お二人とも」

　と、なだめられた。

「そういえば、このあいだも、なんでも見抜くやつと知り合いになってな」

　縁起屋のことである。もう一人、協力者がいて、あらかじめその家のことをいろいろ探っておくのだ。それをさも見透かしたみたいに言うだけで、外れるわけがない。もっとも、縁起屋の場合は世のなかの役に立っていたので、そのままやらせることにした。

「ほんとに見抜くんですか?」

「いや、仕掛けがあるのさ」

「そうなんですか。それでその易者は、大事な人が亡くなるだけでなく、さらに危難が迫っているよと言うんです」

「脅しだな」

「でも、それを救うものも現われると言ったんです。それはどういうもの？　なにか、しなくちゃいけないの？　と訊いたんですが、それはまだわからぬと」

「なんだ、そりゃ？」

「まもなくやって来るか、すでに来ているかもしれないと。あと、何日かすると、はっきりしてくるかもしれないので、お代はまけとくから、また、いらっしゃいと言われていたんです。明日あたり、行ってみるつもりですが」

「ふうむ」

桃太郎は、これは放っておけないという気になっている。

六

翌日の昼ごろ――。

桃太郎は、鎌倉河岸にいるという易者を見に行った。今日は、朝比奈は用事があるというので来ていない。

易者は出て来ていた。小さな見台《けんだい》を前に置き、折り畳みができる腰掛に座っている。そう遠くから来ているわけではないだろう。

まだ、若くて、人生経験も足りなさそうな顔をしている。あんなのに、運勢を観てもらっても、とても当たりそうには見えない。

ゆっくり前を歩くが、桃太郎には声をかけて来ない。

そのまま通り過ぎて、河岸を一回りして、また引き返して来た。

いかにも悩んでいるような顔で歩いているのだが、やはり易者は声をかけて来ない。客を選んでいるのだ。

——なぜ、わしには声をかけないのか。

下手なことを言うと、逆にいろいろ問い詰められたり、苛《いじ》められるとでも思ったのかもしれない。じっさい、そういうことをしたこともある。

仕方がないので、こっちから声をかけることにした。

易者の前で足を止め、

「ん？　そなた、よからぬ顔つきをしておるな」

と、声をかけた。

「え？　よからぬ顔つき？」

易者はムッとしたらしい。

「こう見えても、わしは長年、人相学を学んできたのだ」

長年というのは嘘で、せいぜい一年とちょっとである。だが、人生経験の豊富さで、こんな易者には負ける気がしない。

「人相学はわたしも観ますよ」

「では、今朝、鏡を見てきたか？」

「いいえ、見てきませんよ」

「なぜ、見ぬ」

「易者は自分の運勢は観ないようにしているのです。他人を観る目に狂いが生じる恐れがありますので」

「ほう」

そんな話は聞いたことがないが、しかしそういう考えもあり得るかもしれない。

「だから、わしが観てやるのじゃ」

「いや、けっこうです」

「ま、そう言うな」

「勘弁してください。お客さんが来ましたから」

後ろを見ると、おぎんが来ていた。

そういう打ち合わせになっていたのだ。桃太郎は、先に話をして、人柄を探ってみるから、あんたは話している途中で来てくれと。

ちょっと早過ぎたが、来てしまっては仕方がない。桃太郎は、素知らぬふりをして順番をおぎんに譲り、三河町のそば屋までやって来た。

待っていると、しばらくしておぎんが姿を見せた。

「どうだった？」

桃太郎は興味津々で訊いた。

「危難を救うものがわかったと」

「ほう」

「あんたのところは、赤い神さまが守ってきたと」

「赤神大神宮のことではないか」

「ですよね。それで、赤い神の使いが現われると言うんです。それは男で、いつも赤いものを身につけている。その男を大事にすることじゃな、ですって。赤いものってなんですか？　と聞いたら、例えば赤い手拭いとかだって」

「もろにあの建具屋ではないか」

桃太郎は呆れて言った。

「ええ、いつも赤い手拭いをしてますね」

「あんた、あいつといい仲になりたいか？」

つい、余計なことを訊いた。

「まさか。あたしは若い男は苦手ですから」

「そうなのか」

思わず前のめりになった。

だが、おぎんはそれ以上、その話はせず、

「易者の話は怪しいですよね」

「まさに嘘っ八だな。あいつらは、ぐるだ」

「易者と建具屋がですか？」

「さよう。まだ、ほかにも仲間はいるな」

「まだいるんですか？」

「ああ。赤いハエのことも言っただろう？」

「赤いハエ？　いいえ」

「言わなかったのか？　おかしいのう」

では、健吉は仲間ではないのか。

建具屋のなりゆきより、そっちのほうが気になっている。

七

桃太郎は今日も、昨日のそば屋で昼飯を食うことにした。

天ぷらの盛り合わせに、ざるそばを少なめに注文してから、

「ここは、屋号はなんと言ったっけな？」

と、あるじに訊いた。

「うちは、やぶ平《へい》です。やぶの系列で、あたしの名前は平次《へいじ》ですので」

「そうか。そういや、そばは緑っぽいわな」

やぶそばの系列は緑だが、更科《さらしな》の系列は白く、砂場《すなば》の系列はふつうの色をしている。以前の大家だった卯右衛門のそば屋は、ふつうの色だったが、あそこはた

ぶんどこの系列でもない、由緒もへったくれもないそばに違いない。

「そうなんです」

「だが、そば屋のやぶはいいのに、医者のやぶはなんで悪いんだろうな？」

「やぶを突いてヘビを出す、やぶヘビと言いますよね。余計なことをして、かえって病を悪くするってんでしょ」

「それでやぶ医者か。あんた、物知りだな」

「とんでもねえ。ちなみに、やぶの大元については、いろいろ説がありましてね、真相はやぶのなかでして」

「なるほど」

くだらない話をしていたときである。

「きゃあ」

という悲鳴が聞こえた。

「いまのは？」

「そっちの、お妾さんのところじゃねえですか」

「このまま置いといてくれ。もどったらまた食う」

そばを途中にして、桃太郎は飛び出した。

「おぎんさん、どうした？」

玄関口から声をかけると、

「庭に……！」

上がらずにわきから庭に回った。

「なんと」

そこには、身体の周りに無数の赤いハエをまとわりつかせた健吉がいた。

桃太郎はすぐに、正体がわかった。梅勘が話していた、蝿帳で育てているというハエがこれだろう。なるほど、皆、真っ赤である。たぶん、着物のなかに干物でも隠したうえで、蝿帳の戸を開き、育てたハエを解き放ったのだ。

そのハエが、ぶんぶん言いながら飛び回るさまは、かなり不気味である。袂付近に多いのは、袂のなかに干物かなにかを入れているのかもしれない。

「来ないで」

おぎんが健吉に言った。

「わかりました。でも、さっきからこんなふうに赤いハエがつきまとうんです。もしかしたら、なんや縁起がええのかもしれまへん。赤いはええと言いまっしゃろ。赤いはええ、赤いハエって」

健吉は、大坂弁が混じった言葉使いで、訴えるようにおぎんに言った。

「そんなわけのわからないことを言ってないで」

おぎんがそう言うと、桃太郎が近づき、

「健吉。ちと、こっちへ来い。お前のことは、梅勘から聞いているのだ」

「叔父さんに？」

桃太郎はとりあえず、健吉を庭から家の外へと引っ張り出した。

外へ出ると、

「その袂のなかの干物をあっちに放れ」

と、桃太郎は健吉に言った。

「わかりました」

健吉は両方の袂に入れていた干物を取り出し、道の反対側に放った。すると、ハエはいっせいにそっちに飛んで行った。

「お前も、易者とぐるなのか？」

「え？」

「とぼけるなよ。お前も建具屋の若い者も、おぎんの気を惹きたくて、易者とつるみ、赤いものを身につけた男がいいと思わせようとしたのだろうが」

桃太郎がそこまで言うと、

「お武家さまは？」

と、訊いた。

「わしはおぎんの昔からの知り合いだ」

「そうですか」

「梅勘には、わしの庭をやってもらっている」

「ああ、なるほど」

「それで、お前が赤いハエを育てている話を聞いていたのだ。なぜ、そんな妙なことをしているのかと思ったら、おぎんが鎌倉河岸の易者からされた忠告を聞いて、そういうことかと思ったのさ。お前もやつらの仲間だろうが？」

「違います。あては、たまたま入った鎌倉河岸の甘味屋で、易者と建具屋が話しているのを耳に挟んだだけですよって」

「そうなのか？」

「あの二人は、たぶん兄弟なんですよ」

「兄弟か」

「それで、おぎんさんに岡惚《おかぼ》れした建具屋が、なんとかしてくれと泣きついて、だったら占いでくっつけてやると。あては、それを盗み聞きして、そんなずるいことをするなら、手ぬぐいなんかより、もっと神がかったやり方で、おぎんさんを奪い取ってやると思ったんです。あても、岡惚れしてましたよって」

「それで、赤いはええか」

「ええ洒落でしょ。手ぬぐいなんかより、ずっと縁の深さを感じますやろ」

「生憎《あいにく》だな。それは通じないぞ」

「え？」

「江戸では、ええなんて言わぬのさ。良いだ。だから、赤いはええ、なんて洒落も通じないのさ」

桃太郎は、苦笑して言った。

八

夕方――。

桃太郎は、おぎんの家を訪ねた。すでに、建具屋も健吉も、今日の仕事は終えて、いなくなっている。

「……というわけで、健吉はあの建具屋とは別口だったのさ」

と、桃太郎はおぎんに健吉から聞いた話を伝えた。

「そういうことだったんですね。易者と建具屋は兄弟ですか。そういえば、どことなく似たところはありますね」

「凄いね。若い者二人が、またもあんたにベタ惚れだ」

こういうパッと見目立たない美人は、年寄り好みなのかと思ったが、いまどきの若いやつにも好かれるらしい。

「凄くなんかないですよ」

「でも、あんた、大丈夫かい？　急に襲われる心配もあるだろうが」

「ご心配なく」

おぎんは軽く頭を下げた。

「だって、二人ともベタ惚れみたいだぞ。そうなると、男はなにをしでかすかわからないからな」

「でも、七つ半（午後五時）には仕事を終わらせてますから。夜は外に出ませんし、あたしは二階で寝ていて、下には婆やもいますし」

「まあ、木戸もあるし、そっちに行けば番屋もあるしな」

ここらは治安は悪くないはずである。

「それにね、愛坂さま、あの人たちは大丈夫ですよ」

おぎんは悪戯《いたずら》っぽい調子で言った。

「なにが大丈夫なのだ？」

「あの人たち、あたしとろくに目も合わさないんですよ」

「え？」

「目を見ると、赤い顔をして、目を逸らしちゃうんです」

「恥ずかしがってるのか？」

「でしょ」

「庭師のほうは、大坂育ちで調子がいいと聞いたがな」

「ああ、大坂訛《なま》りはありますが、いざ、話をすると、口ごもってばかりですよ」

「ほう」

「だいたいが、まともに女も口説けないから、易者に頼んだり、赤いハエなんかたからせたりするんでしょ」

「たしかにそうだわな」

「あんな持って回ったことしかできない男が、女に乱暴なんかできます？」

「そう言われるとそうだがな」

「まったく、近ごろの若い男は情けないですよ」

「ウブなんだろうよ」

と、桃太郎はかばい、

「わしなんか、いまでもウブだぞ」

そう言うと、おぎんは手を叩いて爆笑した。


桃太郎はいちおう心配なので、梅勘の家に行って健吉を呼び出し、もう一度、気持ちを確かめてみることにした。

「どうした、なにか新しい手は考えたのか？」

桃太郎は別に健吉を責めたりはしていない。若い男が女に惚れるのは当然だし、相手が嫌がること以外は、どんどん押してみるべきだと思っている。むしろ、応援してやりたいくらいである。

「いやあ、やっぱり、おぎんさんのことは諦めます」

と、健吉は言った。

「諦める？　それはまた、早いな。女は押しに弱いものだぞ」

「いやあ、あのあと、建具屋とも話したんですよ。同じ、おぎんさんべた惚れ組として」

「おぎんさんべた惚れ組？　なんじゃそりゃ？」

「恋仲間とでもいいますか」

健吉は嬉しそうに言った。

「………」

「それで、やっぱりあの人は、高嶺《たかね》の花だったと。あてらには、荷が重いというか。だいいち、あんないい暮らしをしてて、万が一、いっしょになれたとしても、あてらにおぎんさんを食わしていける甲斐性がありますかいな？」

「そんなこと、わしに訊かれても困るがな」

「ないですよ。あれはやっぱり、金持ちの妾なんですよ」

健吉は情けない声で言った。

——この覇気のなさは、大丈夫か？

若い武士が覇気に乏《とぼ》しいのは、さんざん見聞きしてきたが、どうも職人の若いやつらもそうした傾向にあるらしい。

桃太郎は、逆にそのことのほうが心配になったほどだった。

九

その翌日――。

桃太郎はどうにも気になって、清水孝三郎の一件のとき、地崩れがあった清水の隣の屋敷を訪ねてみた。

隣家はやはり旗本の前川彦六《まえかわひころく》という気のいい男で、

「おう、愛坂どのか。隠居なさったと聞いたが」

と、嫌な顔もしなかった。

「そうなのさ。ただ、近ごろ、例の件がいまごろになって気になり出してな」

「それはまた、ご苦労なことで」

「もしかして、あの当時、お宅の庭になにか珍しいものとかはなかったかい？」

「ああ、あったし、いまもある」

「それは？」

さがれている。


「見るかい？」

「ぜひ」

と、桃太郎は庭に入れてもらった。もちろん、あのとき開いた穴はきれいにふさがれている。

あのときも感心したのだが、愛坂家の庭とは大違いである。敷地は同じようなものだが、こちらは大名屋敷のようにきれいに整えられている。愛坂家ときたら、犬、猫、馬、牛、さらには鳥たちの飼育場になってしまっていて、同じ旗本の庭でも、こうまで違うのかと、改めて呆れる思いである。

「これだよ」

前川が指差したのは、小さな竹林のなかに置かれた石仏《せきぶつ》だった。高さは一尺ほどか、ずんぐりむっくりして、ひどく愛らしいかたちをしている。

「これはな、円空《えんくう》が彫った石仏なのさ」

「円空？」

「一刀彫りの仏を山ほど彫った坊さんなんだが、石像はかなり珍しい」

「本物なのか？」

「知り合いの骨董屋《こっとうや》に見せたら、円空仏に間違いないということだった」

「そうか。あのときもこれはあったわけだ」

「あったよ」

「地崩れが起きたのは？」

「ちょうど、あんたが立っているあたりだったな」

「ふうむ」

なんとなく、清水孝三郎の件の真実が見えてきた。

「じつは、近ごろ、この石仏の買い手が見つかってな。誰に聞いたのか、古物商が申し込んできた。百両出すというから、売ることにしたよ」

「ほう」

「なんでも、駿河台近くに住む若い女で、なかなかの目利きなんだそうだ。この石仏のことは誰に聞いたのか、一部では噂になっていたのかもな」

「なるほどな」

「それで、気になっていたこととは？」

「いや、もう、いいんだ」

「おい、まさか清水どのがこの石仏を狙って穴を掘ったのか？」

前川はハッと気づいたように言った。

「わからんよ。それに、亡くなった男だしな」

「それはそうだ。わしもいまさら、なにがわかっても、騒ぐつもりはないよ」

前川は落ち着いた表情にもどって言った。

桃太郎はふたたびおぎんの家を訪ねた。

「あら、愛坂さま。今日の昼前に、建具屋の仕事も庭の手入れも終わりましたよ。あの人たちも、もう帰ってしまいましたから、ご安心を」

と、おぎんは言った。

「いや、それとは別に、あんたはたいした女だと感心したものでな」

「なにがです？」

「清水の件だよ。あのとき、あんたがほんとのことを言っていたら、清水の家はつぶすことになっていただろうな。なにせ、隣家のものを、あんな方法で盗もうとしたのだからな。あんたは知ってて、あたしのための地下道だと言ったわけだ」

「まさか、調べ直したので？」

「それでどうこうするつもりはないよ。わかったことは、すべてわしの胸のうちにとどめておくつもりさ」

「ありがとうございます。それに、あたしだって、まさか石仏欲しさにあんなことをするとは、思ってもみなかったんですよ。でも、気づいたとき、これは清水家がまずいことになると思いましてね」

「清水家は、あんたに礼を言わねばならぬわな」

「とんでもない。あたしは清水さまから、ほんとにいろいろ教えてもらったんですよ。清水さまは、女だからとか、貧乏育ちだからとか、そういうことは気にせず、あたしに書画骨董のことを教えてくれたのです。途中で、お前は才能があると褒められたものだから、あたしも必死で学びました」

「そうだったのか」

「山中屋のご隠居さんとも、そういう会で知り合って、見る目があるというので気に入られたんです」

「ご隠居も楽しかったんだろうな」

「あたし、自分で言うのも変ですが、けっして男好きとかそういうんじゃないんです。清水さまにもずっと可愛がっていただきたかったたし、ご隠居さまにも長生きしてもらいたかった……」

「うんうん」

桃太郎は、おぎんの言うことが信じられた。この女の本性は、決して悪ではない。したたかではあるが、根はやさしくて善良なはずである。

「あたし、父とか祖父の顔を知らずにそだったもんだから、年上の男の人になんか惹かれてしまうみたいです」

「ご隠居は幾つだったんだい？」

「来年、還暦を迎えるはずでした」

「……」

桃太郎と同じ歳である。

「ああ、喪が明けたら、どなたか面倒見てくれないかしら。ここの掛け軸や骨董を売り買いするだけでも、一生食べていく自信はあるので、お金では迷惑かけずに済むはずなんです。ただ、父や祖父みたいに頼りになるのだったら……」

おぎんはそう言って、桃太郎をじいっと見つめたのだった。

十

——危ないところだった。

と、桃太郎は歩きながら後ろを振り返った。あやうく、

「わしでよければ」

などと言ってしまうところだった。

駿河台の坂を上って、屋敷の前まで来たとき、門のわきから中間《ちゅうげん》の松蔵《まつぞう》が出て来て、

「殿さま、大変です」

と、言った。

「なんだ？」

「八丁堀の桃子さまのところに……」

そこまで聞くと、桃太郎はせっかく上った駿河台の坂を駆け下りていた。桃子の名を聞いただけで、一刻も早く駆けつけなければと、反射的に思ってしまった。

——桃子のところになにが……？

と思い直したときには、もう駿河台の坂下に来てしまっている。またもどって、松蔵に訊き返すのは、時間がもったいない。

そのまま、日本橋へつづく大通りに出ると、ひたすらに駆けた。途中、爺さんがあんなに走っているのはなにごとかと、振り返る者もいる。一人の若者などは、凄い速さで桃太郎のわきにつくと、

「掏《す》りでも追いかけてるので？」

と、訊いた。

「いや、私用でな。心配してくれてありがとう」

礼を言うと、引き返して行った。

日本橋を渡ってすぐの万町《よろずちよう》の角を左に曲がり、まっすぐ行くと海賊橋《かいぞくばし》である。

そば屋のところに、ひと月前までは大家だった卯右衛門がいて、

「愛坂さま。どうなすったので？」

と、声をかけてきたから、

「あとで、あとで」

足も止めずに駆け抜けた。

雨宮の役宅は、八丁堀と呼ばれるなかでも、東側の越前堀《えちぜんぼり》に面した亀島河岸《かめじまがし》の前にある。坂本町からもそう遠くない。

家の前に来ると、野次馬が集まっていた。

その野次馬をかき分けて、雨宮の役宅の前に出ると、玄関の前に桃子を抱いた珠子が立っていた。足元には、犬の狆助《ちんすけ》もいた。

「おお、無事だったか」

桃太郎は安堵《あんど》のあまり、崩れ落ちそうになった。

「ほら、桃子。おじじさまよ」

珠子が桃子を下に降ろすと、桃子はすぐに桃太郎を見つけて、

「じいじ、じいじ」

と、駆け寄ってきた。

「おう、桃子。久しぶりだのう。会いたかったぞ」

思わず抱き上げて頰ずりした。

安心したら、急に喉が渇いてきた。

「すまんが、水を一杯くれぬか」

「ただいま」

と、珠子が持ってきた柄杓《ひしやく》の水をいっきに飲み干したところに、

「殿さま。もうお着きでしたか」

松蔵が息を切らしながら駆け込んで来た。

「わけも聞かずに駆け出してしまわれたので、さぞご心配だろうと、追いかけたのですが、あまりの速さに見失いまして」

松蔵の言葉に、

「それはそれは」

と、珠子は笑った。

「なんだ、なにがあったのだ?」

一息ついた桃太郎は、改めて珠子に訊いた。

「その前の建物なんですが」

「ああ、それな」

雨宮家の前には、二軒長屋が立っていて、その周りを町方の者や野次馬が取り囲んでいる。

「それは、雨宮家の長屋なんです」

「なるほど」

安い給金を補うため、多くの同心がしていることで、敷地内に貸家をつくり、家賃を家計の足しにしているのだ。雨宮家では、二階建てで二軒つながりの、けっこう洒落た長屋を建てていた。

「その左手の家に住んでいた人が、今朝、殺されていたんです」

「なんと」

「まさか八丁堀で人殺しが起きるなんてと、皆、びっくりしているんです」

「それはそうだろう。まだ、遺体はなかか？」

「はい。検死役が先ほどお見えになりまして」

「どれどれ、ちょっとのぞかせてもらおう」

表には野次馬が大勢いるが、こっちにはいない。

桃太郎は、裏手にある小窓からなかをのぞいた。

雨宮五十郎が情けない顔で立っている。そのそばでかがんでいるのが、検死役の同心だろう。

死んでいたのは――。

なんと、まだうら若き娘だった。

第二章　箸は要らない

一

桃子のところに駆けつけた翌日――。

愛坂桃太郎は、今日も雨宮家に行くつもりだが、その途中、ひさしぶりに卯右衛門のそば屋に立ち寄った。ここから雨宮家までは、さほど遠くない。

卯右衛門は、桃太郎の顔を見るとすぐに、

「聞きましたよ、雨宮家の人殺し」

「なんだ、もう知っているのか?」

昨日、この前を駆けたときは、へらへらしながら声をかけてきたので、知らなかったはずである。

「もう、ここらじゃ知らない者はいませんよ。なんでも、内から心張棒《しんばりぼう》をしていたのに、なかで殺されていたそうですね」

「そんなことまで噂になっているのか?」

「噂どころか、ほら」

卯右衛門は瓦版を見せた。

〈八丁堀謎の人殺し〉と大きく書かれ、きれいな若い女が、胸を刺されて、仰向けに死んでいる絵も入っている。錦絵《にしきえ》にするには間に合わなかったのだろう、血のところだけが赤で塗られてある。

その手前には、頭を抱えた同心らしき男の上半身の後ろ姿が、ふつうの武士だと言い訳できる程度にそれっぽく描かれている。が、ここらの住人なら、これが雨宮五十郎だということはすぐにわかるはずである。

「なんてことだ」

桃太郎は頭を抱えた。

「雨宮さまも大変ですよね。自分の店子《たなこ》が殺されたんじゃ、これを解決できなかったら大恥でしょうが」

「それは別の話だろうが」

とは言ったが、桃太郎も世間はやはり卯右衛門のように受け取るだろうと思っている。

桃太郎が考案した花見そばにエビの天ぷらを追加し、そばは半分にしてもらうよう頼んでから、

「どれどれ」

瓦版の記事をじっくり読んだ。昨日は、桃子を気遣うのが先で、殺しについて、詳しい話はほとんど聞いていない。

「ふうむ、そうだったのか」

殺された女は、絵師だったという。名はお貞《さだ》で、一桜斎貞女《いちおうさいていじょ》という号もあった。女の絵師にしてはかなりの売れっ子だったと書いてある。

歳は二十三で、一度、商家に嫁に行ったが、絵ばかり描いているので、大喧嘩《おおげんか》のあげくに離縁されたらしい。

「この、前の亭主ってのは怪しいですよね」

卯右衛門が瓦版をのぞき込みながら言った。

「そりゃまだわからんさ」

と言って、桃太郎はつづきを読む。

お貞には人嫌いのところがあって、この家に出入りするのは、版元などわずかな人間だけだったそうだ。

「売れっ子だったというから、版元は殺しませんよね」

また、卯右衛門が言った。

「それはわからんさ。版元もいろいろいるし、描いてもらえなくて憎んでいるのもいたかもしれないし、逆になにか揉めごとがあったかもしれぬ」

「なるほど」

また、家の出入り口は一つだけ。卯右衛門が言ったように心張棒がしてあり、訪ねて来た版元が、窓からのぞいて遺体を発見し、非番で家にいた雨宮が戸板を無理やりこじ開けたのだった。

――これは、難事件だな。

そう思って卯右衛門の顔を見ると、強張ったみたいになっていた。

「どうした？」

と、桃太郎は訊いた。

「いま、来た客。ちと、変なんですよ」

小声でそう言って、卯右衛門は調理場のほうにもどった。

桃太郎はちらりと入って来た客を見た。

三十半ばから四十くらいの女の客である。見た目はなにも変なところはない。どこの長屋にも二人から三人はいるような、ふつうのおかみさんである。

その女は、桃太郎の斜め向こうの縁台に腰をかけた。

「なんにしましょう?」

卯右衛門が訊いた。

「ざるそば。箸は要りませんから」

と、女は言った。

——箸は要らない?

桃太郎が、卯右衛門の顔を見ると、「変でしょ?」というように目配せをした。

ざるそばが女の前に置かれた。

桃太郎は、どうやって食べるのかとそっと窺ったが、女は身体をよじって、しかも両手で口元を覆うようにして食べるので、よくわからない。まさか、手づかみで食べているわけではないだろう。

多少ゆっくりだが、それでも女は、ざるそば一枚を残さずに食べ終えた。

代金を払い、なに食わぬ顔で出て行ってしまう。

店にはほかに四、五人の客もいたが、皆、呆気《あっけ》に取られたように、女が出て行くのを見送った。

「ねえ、愛坂さま、変でしょ？」

卯右衛門が訊いてきた。

「相変わらず、あんたのところには変な客が来るな」

「また、あたしのせいみたいに言わないでくださいよ」

「毎日来るのか？」

「今日で四日目ですかね」

「どうやって食ってるのだ？」

「それがうまく隠すので、見えないんですよ」

「指を見たが汚れていなかったぞ」

「そうですか」

「まあ、なにか小細工はあるのだろうが、それよりも、なんのために箸を使わずに食うのかだよな」

「そういう養生法《ようじょうほう》でもあるんですかね？」

「ほら、飯やそばを少なくしたり、音を立てずに食ったりするやつですよ」

卯右衛門は厭味《いやみ》たらしく言った。年寄りは変な音を立てがちなので、桃太郎はできるだけ静かに食うようにしていたが、それはもうやめている。やっぱりそばは、音を立てて食うものである。

「ふん。箸を使わないなんて養生法があるか」

桃太郎は憮然《ぶぜん》として言った。

「愛坂さま。謎解きしてくださいよ」

「わしはそれどころじゃないだろうが」

桃子の家で人殺しが起きたのである。そばを箸を使わずに食おうが、足で食おうが、鼻の穴からすすろうが、そんなことはどうだっていい。

「そりゃまあ、そうなんですが」

「じゃあな」

桃太郎は自分のそばを食べ終え、さっさと卯右衛門の店を後にした。

二

雨宮家に行くと、今日も野次馬が集まっている。

家の前の道は、縄を張って通れなくしてあるが、遠くからでも一目見ようという連中が道をふさいでいる。

「どいてくれ」

かき分けると、

「雨宮家のご親戚ですか？　殺されたお貞のことでなにか知ってますか？」

瓦版屋らしき男に訊かれた。

「……」

こういうとき、面白い嘘っ八でも言ってやりたいのだが、桃子にとばっちりが行くかもしれないので我慢した。

立っている奉行所の中間に、

「雨宮家の親戚だ」

と告げて、長屋のわきの門を開けてなかに入った。

「ごめんよ」

戸を開けると、

「愛坂さま」

なんと蟹丸が来ていた。

「なんだ、又蔵《またぞう》について来たのか？」

又蔵は、元豆腐屋で、いまは雨宮から十手を預かって岡っ引きになっている。

珠子の後輩芸者である蟹丸は、桃太郎のことが好きだと言いつつ、情にほだされて、又蔵の嫁になってしまった。

「珠子姐さんも心細いだろうと思って」

「それはありがたいな」

玄関口でそんな話をしていると、奥から桃子を抱いた珠子が出て来て、

「それより、おじじさま。昨日、今日と桃子はあまり歩けてないんで、そこらを歩かせていただけるとありがたいのですが」

「お安い御用だ」

というより、待ってましたの御用である。

桃子を抱っこしたまま野次馬をかき分け、雨宮家から離れると、後は勝手に歩

かせることにした。ここらは掘割《ほりわり》も遠いし、荷車が通ることも少ないので、安心して歩かせることができそうである。

桃太郎は、近くの坂本町で半年ほど長屋暮らしをしたが、八丁堀の町方の役宅が並ぶあたりをこうしてゆっくり歩くのは初めてである。

同じような敷地と造りの役宅が並んでいる。与力が三百坪、同心が百坪の敷地と決まっているらしい。

与力のところにはないみたいだが、同心のところは、たいがい敷地の道に面したところに三、四割分ほど削って長屋を造っている。治安がいいので、ここの長屋は人気があり、学者だの易者、狂言師《きょうげんし》、俳諧師《はいかいし》、絵師などが多く住んでいるとは聞いたことがある。

治安がいいのはちょっと歩いただけでもわかる。町方の者らしい十手を差した武士や、六尺棒《ろくしゃくぼう》を持った中間などが、始終、通り過ぎる。

しかも、非番の者も多いらしく、同心が庭に出て、木刀を振ったり、庭木に水をやったりしている。こんなところで悪事をしでかそうとするやつはまずいない。

だが、その八丁堀で人殺しが起きたのだ。それもよりによって、雨宮家の家作で……。

「あら、桃子ちゃんじゃない」

やはり小さな男の子を歩かせていた武家の妻が、桃子に声をかけてきた。

「しゅうたん」

と、桃子が言った。

「ももこ」

男の子が言った。

よちよち歩き同士で、駆け寄って、抱き合うみたいにした。なんとも微笑ましい。

「どうも。桃子の祖父です。お世話になってますな」

と、挨拶をした。桃子のためになるなら、町人のように揉み手だってする。

「うちは、長谷川《はせがわ》と言います」

どうも雰囲気からして、同心の新造《しんぞう》ではなく、与力の妻女らしい。

「この子は周吉《しゅうきち》と言って、桃子ちゃんが大好きみたいで」

「そうですか」

もしも桃子が周吉の嫁に行くとなったら、いちおう玉《たま》の輿《こし》に乗ることになるのかもしれない。そう思って周吉の顔をよく見ると、なかなか賢そうではあるが、与力の身分を鼻にかけるような男になるかもしれない。それだと、桃子が苦労するだろう。

それにこの妻女も、漬け物の漬け方だの、洗濯ものの干し方だの、いちいち細かく指示しそうである。

そんな家では気苦労ばかりが多くなる。

——この家には、嫁にはやらん。

と、桃太郎は心に決めた。

とはいえ、いま、二人が遊ぶのには文句はない。

ひとしきり遊ばせ、それからほかの同心の家の長屋に怪しいやつはいないかと、さりげなく窺いながら、町内を一周して、雨宮家にもどった。

すると、殺しがあった隣の家の前で、初老の男が大声を上げている。

「殺された？　隣の娘が？」

「そうなんですよ。昨日の朝、見つかったんです」

と、珠子が相手をしている。

「まさか、八丁堀でそんなことが起きるなんて、前代未聞のことじゃないか」

「申し訳ありません」

「いや、あんたに謝られても。あんたが下手人なら別だが」

「……」

珠子は肩をすくめただけである。

「まったく、外泊してなかったら、わしも危なかったかもしれんな」

初老の男はそう言って、自分の家に入っていった。

「店子かい?」

桃太郎は珠子に訊いた。

「そうなんです。川内玄斎《かわうちげんさい》さんとおっしゃって、もう五年ほどお住まいみたいです」

「なにをしている人なんだ?」

「偉い学者さんですよ。お大名にも講義をなさるくらいで。昨夜と一昨夜は、青《あお》山《やま》の大名屋敷に泊まり込みの講義に行かれていたんだそうです」

「ふうむ」

雨宮家に入らせてもらった。昨日は玄関口で話しただけで、なかに入るのは初めてである。

広くはないが、きれいに片付いている。珠子がちゃんと掃除をしているのだろう。奥から猫の黒助《くろすけ》が出て来て、桃太郎を見ると、

「みゃっ」

と、啼《な》いた。ちゃんと覚えていたらしい。

「雨宮さんもこうなると、町回りどころではないな」

と、桃太郎は言った。

「ええ。いちおう、臨時回りの同心がついてくれることになったみたいですが、おいらが解決しないと恰好がつかないと嘆いてました」

「そりゃそうだわな」

だが、桃太郎としては、事件の解決より、桃子のことのほうが心配である。狙いは、長屋の女絵師ではなく、雨宮家の者だということだって、ぜったいにないとは限らない。

「そろそろお暇《いとま》するが、戸締りは気をつけてな」

と、桃太郎が言うと、

「大丈夫ですよ、愛坂さま。しばらく、あたしもここに泊まり込みますから」

蟹丸が言った。

「そりゃあ、心強い」

蟹丸が騒ぎ立てれば、八丁堀中に響き渡るだろう。

「また、明日も来てみるよ」

「ええ、ぜひ。明日もお調べの方たちの相手で、なんやかやと忙しくなりそうですので」

調べの者にも茶ぐらいは出さねばならないし、遺体が出たあともすることはいろいろあるのだろう。

「わしにできることがあれば、なんでも言ってくれ」

桃太郎としては、連日、桃子と会えるので、不謹慎だが、事件が起きたのはありがたいくらいである。

三

翌日も雨宮家に向かう途中で卯右衛門のそば屋に立ち寄ると、珠子の後に入居していた六十代の婆さん姉妹がいて、

「あら、愛坂さま」

「お懐かしい」

と、二人で身体をゆさゆささせた。

「おう、これはおきゃあさんに、おぎゃあさんではないか」

変な名だが、れっきとした親がつけた名前らしい。姉が「きゃあ」で、妹が「ぎゃあ」なのである。

顔がそっくりで、どう見ても双子に見えるが、ぎゃあさんのほうがひと月も後に産まれたから、姉妹なのだそうだ。双子は縁起が悪いといわれるので、たぶんそういうことにしたのだろう。

桃太郎は別にどっちでもいいことなので、言うがままに受け入れている。

この二人は、名前が変わっているわりには、ちゃんと嫁に行き、子どももそれぞれ、五人と六人を育て上げ、ともに亭主を亡くしたので、いっしょに住むことにしたらしい。子どもといっしょにいると気兼ねがあるから、これからは二人で、死ぬまで好き勝手して暮らすのだそうだ。なかなか面白い人生の選択だと感心した。

「お元気でした、愛坂さま？」

「ああ、おかげさまでな」

「愛坂さまの後に入ったのが、越後屋《えちごや》の手代で、ほとんど長屋にはいないし、あたしたちにもろくに挨拶さえしないのよ。ねえ、ぎゃあ」

「そ、そ、そうなの。だから、いままで越後屋を贔屓《ひいき》にしてたけど、これからは白木屋《しろきや》か大丸屋《だいまるや》に替えようかと思ってるのよ」

「ほんと、愛坂さまがずっといてくれたらよかったのに」

「愛坂さまってお独り？　そうよね、長屋暮らししてるんだもの」

「後添《のちぞ》え欲しい？　好みは？」

「若くないと駄目？」

「歳上でもかまわない？」

卯右衛門を見ると、にやにや笑うばかりである。ほんとのことを言っても仕方がないし、桃太郎もとぼけるしかない。

「それでどこか別の長屋に移られたの？」

「もっといいところに？」

「お家賃はいかほど？」

と、うるさく話しかけてくる。

この婆さんたちがいるときに、例の女が来たら、箸を使わないわけだって平気で訊くことができるだろう。

「お」

卯右衛門が目配せをした。

ちょうど例の女がやってきたのだ。

「なんにしましょう？」

卯右衛門が訊くと、

「ざるそば。箸は要りません」

おなじみの注文。すると、きゃあときゃあが、いっせいに女のほうを見た。

「え？　箸要らないって、どうやって食べるの？」

「手摑み？」

やっぱり訊いた。なかなかこう露骨には訊けるものではない。

「ふん。大きなお世話でしょ」

「だって、あなた」

「誰だって訊くわよ」

と、姉妹はひるまない。

「知り合いでもないのに言う必要はありません」

「じゃあ、知り合いになりましょ」

「けっこうです」

「あら、ま」

さすがにそれ以上は言えないが、姉妹はじいっと観察している。

だが、女もそばを向こうに置き、身体で隠しながら、手で覆うようにするので、よくわからない。

それでも、そばをたぐり、ちゃんと食べている。

しかも、今日はなんだか、食べながら鼻唄までうたっているではないか。

〽こんこん狐は脅して化かす
たんたん狸は笑ってだます
あたしゃ化かされだまされるだけ

婆さん姉妹は、首をかしげ、人差し指を頭に当てたりした。気味悪くなったらしく、逃げるように出て行った客もいる。

だが、桃太郎には気がおかしくなった女には見えない。なにか意図していることがあるに違いないのだ。

女は悠々と食べ終え、勘定を払って出て行った。

後ろ姿を見送ったあと、姉妹は騒ぎ出した。

「なあに、あれ？」

「ねえ、きゃあ姉さん、唄、聞いた？」

「聞いたわよ。あたしは狐と狸に化かされだまされるとかなんとか」

「愚痴みたいな唄なのかしらね」

「自分が狐か狸に化かされて？」

「そう。箸を使うと死んでしまうとか脅されたんじゃないの」

無茶苦茶な推測を始めている。

「ねえ、愛坂さま。頼みますよ。謎を解いてくださいよ。あんなのに来られちゃ、薄気味悪くてしょうがありませんよ」

と、卯右衛門が言った。

「あら、愛坂さまって、そういうのおできになるの？」

おきゃあが訊いた。

「謎解き天狗と綽名《あだな》されているほどですよ」

「まあ、素敵！」

おぎゃあは両方の手のひらを重ねて、胸につけた。

「お願いしますよ。お礼はいつものとおりってことで」

卯右衛門が手を合わせて頼むので、

「わかったよ」

と、桃太郎は引き受けることにした。

四

まずは雨宮家に向かった。

面倒なことを引き受けてしまったが、卯右衛門はいつもの謝礼を出してくれるという。隠居をしても、いざというときに好きに使える金があるのとないのとでは大違いである。やはりこづかい稼ぎというのは大事なのだ。

雨宮家に来ると、昨日よりは野次馬はずいぶん少なくなっている。

遺体は運び出されてしまった。

なかで雨宮と、岡っ引きで蟹丸の亭主になった又蔵と、雨宮家の中間の鎌一《かまいち》が、なにやら相談をしている。玄関のところに狆助がいて、桃太郎を見ると、嬉しそうに尻尾を振った。

「よう」

桃太郎がなかに声をかけると、

「愛坂さま！」

三人の顔がいっせいに輝いた。

「昨日もいらしてたそうで」

と、雨宮が言った。

「うむ。桃子の相手をして帰ったよ」

「事件のことはお聞きですよね？」

「まあな。それと瓦版も読んだよ」

「いやあ、とんでもねえ事件が起きてしまいました。しかも、心張棒がかけられてあって、下手人は忽然《こつぜん》と消えてしまったみたいなんです」

雨宮はそう言って、頭を掻きむしった。

「なあに、家なんてのは、けっこうかんたんに隙間をつくれるのさ。床下から出たり、窓枠が外れたり、心張棒だって紐でも使えば、外からかけることだってできるだろうよ」

「なるほど！」

雨宮は手を打ち、又蔵と鎌一は大きくうなずいた。

「愛坂さま……」

雨宮は餌をねだる犬みたいな目で桃太郎を見た。

「な、なんじゃ？」

「このような難事件、愛坂さまならたちまち解決できるのでしょうね」

「馬鹿を申せ。わしは素人《しろうと》だ」

「ご冗談を。とりあえず、なにか意見の一つでも」

雨宮は、桃太郎の袖を摑んだ。この目を見たら、すげなく断わるなんてできるわけがない。まして、いまや桃子の父親なのである。

「おいおい、じゃあ、ちょっとだけなかを見させてもらうか」

「ええ、ぜひ、どうぞ。隅から隅まで、ずずずいーっと」

雨宮は、歌舞伎《かぶき》役者みたいな、ふざけた口調で言った。

玄関口は土間になっている。六畳分ほどはあろうか。隅にへっついと、洗い場があり、水甕《みずがめ》も置いてある。ほとんど煮炊きはしていなかったのだろう、あまり汚れてはいない。酒どっくりが棚にある。お貞は酒をたしなんでいたらしい。

土間から上がったところは板の間でここも六畳間ほどある。お貞はここに倒れていた。血はきれいに拭き取られてある。

「検死役は、いつごろ殺されたかについては言っていたか？」

「真夜中だろうとのことでした」

と、雨宮が答えた。

「狆助は？」

「いましたが、悲鳴とか、騒ぐ声とかも聞こえなかったんですよ」

「あんたもそっちにいたのだろうが？」

犬の耳というのは、恐ろしく鋭いのだ。

「いやあ、とくに吼《ほ》えたりすることはなかったですね」

「ふうむ」

さらに部屋を見回す。

「なにもいじってはいないよな？」

「ええ。亡くなったときのままです」

仕事机には、描きかけの絵がある。酔っ払いらしき男が、踊りながら歩いているところらしい。男の顔は、獅子鼻《ししばな》の下がり眉で、いかにも剽軽《ひょうきん》そうである。そのわきには、仕上がったらしい二枚の絵もあり、同じ獅子鼻で下がり眉の男が、一枚は樽《たる》のなかに入っていて、もう一枚は猪に追いかけられている。どうやら、戯作《げさく》の挿絵らしい。

大きめの机の上や下には、筆やら硯《すずり》やら絵具やら、画材がいっぱい乱雑に置かれてあった。飲みかけの茶碗には、茶ではなく、白湯《さゆ》か水が入っている。

「これは毒かどうかは、確かめたのだな？」

桃太郎は訊いた。

「え？」

と、雨宮は慌てたように臭いを嗅ぎ、

「変な臭いはしてないですが」

「臭いだけでわかればいいがな」

「狆助に舐めさせてみますか？」

「おい、それは可哀そうだろうが。せめて、金魚あたりで試してくれ」

桃太郎がそう言うと、

「隣の家の池に金魚がいますので。おい、又蔵」

「はい、すぐに」

と、又蔵は茶碗を持ったまま、外に出て行った。

板の間の横には畳が敷かれた三畳間があって、ここには茶簞笥《ちゃだんす》と長火鉢《ながひばち》が置かれ、神棚もしつらえられている。

三畳間の奥が二階に上がる急な階段と厠である。ここは共同の厠《かわや》ではなく、別々に付いているのだ。

「立派な長屋ではないか」

と、桃太郎は雨宮に言った。

「ええ。商売をやってもいいようにつくってあるんで。じっさい、お貞の前は、ずうっと饅頭屋《まんじゅうや》が店子だったんです」

「なるほどな」

と、うなずき、

「二階も見せてもらうぞ」

手すりのついた狭い階段を上がった。

「ほう」

ちょっとした板の間があり、障子戸を開けると、広々とした八畳間になっている。ここが寝室だったのだろう。衣紋掛《えもんか》けがあるだけで、荷物はなにもない。押入れも付いていて、なかには一人分の寝具があり、若い女の匂いが鼻を突いた。

三方に窓があり、日当たりも風通しも文句の付けようがない。景色は見渡す限り、町方の役宅が立ち並び、緑は駿河台の武家地ほど多くないが、どことなくのんびりしたようすである。

「二階もいいのう」

いっしょに上がってきた雨宮に言った。

「そうですか。まあ、死んだおやじが建てたものですのでね」

「なるほどな」

雨宮が、こんなに気の利いた家を建てるはずがない。

「おやじは商売っ気がありましてね」

「店賃はいくらなんだ？」

「ひと月三千五百文（七万円）です」

「ほう」

裏店《うらだな》の店賃がだいたい五百文（一万円）ほどだから、その七倍にもなる。だが、住み心地を考えたら、充分、その値打ちはある。

「うちは、この家作のおかげでやっていけてるようなものですよ。でも、今月の店賃はまだもらってなかったんですよ」

「家のなかに金はあったのか？」

「あったんです。二階の押入れの文箱《ふばこ》に五両ほど」

「ほう」

「そこから、今月の店賃を差し引こうと思ったんですが、検死役に釘を刺されましてね。これは奉行所預かりだぞと。そりゃあ、ねえでしょう」

雨宮の情けない愚痴は無視して、

「お貞の実家はわかったのか？」

「どうも、ほとんど身内がいなくなっているみたいでしてね、おやじというのがやはり絵師だったのですが、五年ほど前に亡くなってます。弟がいたというので捜してはいるんですが、遊び癖のついたやつで、居場所もはっきりしないんですよ」

「まずは、そいつを捜し出し、別れた前の亭主の話も聞くべきだろうな」

桃太郎がそう言うと、

「おい、又蔵」

雨宮は慌てて又蔵を呼んだ。

さっきの茶碗を持ったまま、又蔵が上がって来た。

「毒ではないみたいですね」

茶碗のなかに金魚を一匹入れてきたらしい。

「平気で泳いでますから」

「金魚はもらったのか？」

桃太郎が訊いた。

「いやあ、うじゃうじゃいますから」

失敬してきたらしい。ほとんど裏長屋の付き合いである。

「そうか。それはもういいから、お貞の別れた亭主の話を聞きに行くぞ」

と、雨宮は言った。

「わかりました。たしか、尾張町《おわりちょう》の紙屋でしたね」

「だったはずだ」

この二人のやりとりを聞きながら、そんなこともまだやってなかったのかと、
桃太郎は呆れるよりも情けなかった。桃子をしっかり養ってくれるのだろうか。

五

駿河台の屋敷にもどると、卯右衛門のそば屋に現われる変な客の謎について考えてみることにした。

こっちは、金になるのがわかっているのだから、なんとしても解き明かしたい。

雨宮家のほうは、あのまま解かないでおいたほうが、桃太郎が桃子に会いに行くのに都合がいいかもしれない。

箸を使わずに食うくらいのことは、手妻《てづま》がいでできるはずである。

――箸は隠し持っていたのかな。

桃太郎は、自分の箸を持ち出してきて、袂だの懐だのに入れて、うまく扱えるか試してみた。だが、箸はやはり隠しにくい。頭のほうが出てしまって、これが目立たないはずがない。

――そういえば、琴を弾くとき、爪が伸びたみたいなやつをつけるな？

と、閃《ひらめ》いた。

たしか、千賀も使っていたはずで、千賀の部屋を訪ねた。

「よう」

「あら、お前さま。帰ってらしたんですか」

千賀は、一人で羊羹《ようかん》を食べながら茶を飲んでいるところだった。

「あんた、琴を弾くとき、爪の長くしたやつみたいなものを使うよな？」

「ええ。使いますけど」

「いま、あるか？」

「ありますよ」

と、千賀は後ろの小さい簞笥の引き出しから、その爪を三つほど取り出した。輪になったものに、白い爪が伸びている。これで、琴の糸を引っかくようにしているのは、見たことがある。

「ちと貸してくれ」

「なにするんですか？」

「これでそばを食ってみる」

「やめてくださいよ」

「いいではないか」

「それ、象牙《ぞうげ》でできているんですよ」

「だから、どうした？」

「そばつゆが滲《し》みたりしたら嫌ですから」

「洗えばいいだろうが」

「駄目と言ったら、駄目」

千賀は桃太郎に飛びつき、無理やり琴の爪を取り上げてしまった。

「ふん。じゃあ、いいや」

じつは、いま、すばやく嵌《は》めてみた感じでは、あれでそばをたぐるのは、指を使うより面倒そうだった。

「そばなんか箸で食えばよろしいでしょうが」

「わしもそう思うよ。じゃあな」

説明しても、そんなことに首を突っ込むのはよしなさいと言われるだけなので、なにも言わずに退散した。

——やっぱり、竹ひごでつくるか。

竹ひごだったら、凧《たこ》をつくったりするので、常備している。それを取り出し、曲げたりして、箸がわりになるか試してみた。

竹ひごを曲げるときは、ろうそくの炎で軽く炙《あぶ》りながらやる。

まずは、ただ曲げたものをつくって、そばをすする真似をした。

――これだと食いにくいだろうな。

つづいてクルリと丸めて、輪のなかに中指に嵌め、両端を長くした。

――いい感じだが、しなり過ぎかな。

これだとそばを持ち上げられないだろう。竹の表面の硬いところを使って、竹ひごを作ってみた。

――いいぞ、いいぞ。

だが、緑色が鮮やかだと、手元で目立ってしまう。

――そうだ。煤竹《すすだけ》を使うか。

以前、尺八にするのにいいと、もらったやつを使わずに取っておいた。それを持ち出してきて、竹ひごにする。

――これならそばの色に近いので目立たないぞ。

そばがないので、周りを見回し、分厚い書物をこれでめくるようにして、手ごたえを確かめる。

――完璧だな。

これで、駿河台下の三河町のそば屋やぶ平に行って、試してみることにした。

「夕飯はいらん」

と、女中に告げて、千賀に咎《とが》められる前に、屋敷を抜け出した。最近、やっと隠居部屋のほうで、夕飯をいっしょに食べられると喜んでいるのだ。いっしょに食べたからといって、聞かされるのは富茂の愚痴と、孫の自慢話で、それで飯がうまくなることはない。

のれんをわけると、

「おや、愛坂さま。夜はお珍しいですね」

「お邪魔か？」

「滅相もねえ。どうぞ、毎日でも」

「天ざるのそばを少なめにして、エビは三本、それと野菜の精進揚《しょうじんあ》げももらおうかな。そうだ、箸は要らんぞ」

「箸、要らないんですか？」

「ああ」

「手づかみで食うんですか？」

「いいから、詮索をするでない」

「はあ」

首をかしげながら、それでも注文したそばを持って来た。

あるじは、わきに立ったままである。どうやって食うのか、見るつもりらしい。卯右衛門よりこっちのほうが図々しい。

桃太郎は、身をよじり、身体で隠すようにして、サッとそばをたぐり、ずずっとすすった。あまり多くたぐると、しなって落としてしまうが、五、六本なら大丈夫である。天ぷらは油ですべるのでかなり食いにくいが、あの女はいつもざるそばしか頼まない。

食えるのである。

「え？　どうやって食べてるんですか？」

あるじはこっちに回って来た。

「なにをする。客が食うところをじろじろ見るのは失礼だろうが」

「はあ。ですが、箸を使わないで食う客は初めてでして」

「だよな」

「お仕事がらみですか？」

「そういうことだ」

「それは失礼しました」

あるじはこっちを見ながら、調理場に引き返して行った。

これで、だいたいの仕掛けはわかった。多少違っていても、やれるということが、わかればいいのである。

だが問題は、なんのためにそんなことをしているかである。

六

桃太郎が雨宮家の前まで来ると、道に荷車が並んでいた。

長屋の前に、桃子を抱いた珠子がいて、店子である川内玄斎と話をしている。近づくと、話し声も聞こえてきた。

「先生にはずっといていただきたかったんですが」

と、珠子が言った。

「駄目だ、駄目だ。わしはこう見えても、霊魂の存在を堅く信じておってな。若い女の魂がふわふわ漂っているのがわかるのだよ。恨みを抱いて死んだから、成仏できんのだろう。とてもじゃないが、ここにはいられないよ」

どうやら、隣の店子まで引っ越すことになったらしい。

「はあ」

珠子も困っている。引き止めたいのは山々でも、どうすることもできないのだろう。

川内の弟子なのか、若い者が四、五人来て、荷づくりを手伝っている。凄《すさ》まじい本の量で、荷車三つに山積みとなった。近くの荷車に積まれた書物を見ると、いずれも漢籍《かんせき》で、題名すら読めないものばかりである。

雨宮家のほうから中間の鎌一が出て来たので、

「珠子は偉い学者と言ったが、なんの学者なんだ？」

と、訊いた。

「なんでも唐土《もろこし》の学問だそうですよ」

「それは、漢字の書物ばかりだから見当がつくが、唐土の学問だっていろいろだろうが」

「墓を掘るとは聞いたことがあります」

「墓を掘る？　唐土の墓か？」

「いや、唐土までは行かないでしょう。武州《ぶしゅう》あたりの田舎に行って、大昔の墓を掘ったりするみたいですよ。すると、唐土のものがいろいろ出てきたりするらしいです。あっしも、それ以上のことは……」

鎌一の顔が、ちんぷんかんぷんになった。

「では、世話になったな」

川内が珠子に言った。

「はい、こちらこそ」

荷車の去って行くのを見送って、珠子はため息をつき、桃太郎を見て、

「いきなり店子がふたり、いなくなってしまいました」

と、珍しく嘆いた。

「なあに、八丁堀の長屋は人気があるんだ。すぐに次の借り手が見つかるさ」

「だといいんですが」

珠子に抱かれたままの桃子が、

「じいじ、じいじ」

と、手を伸ばして来る。

「歩かせて来ようか？」

「お願いします」

というので、またも近所を歩き回ることにした。

きょうは、昨日とは別の道を歩いてみる。町人地の一画になっているところに出る。ここらはたしか、北島町《きたじまちょう》といったはずで、以前、住んでいた坂本町からもすぐである。桃子は楽し気に、とっとことっとこ歩いて行く。

そのうち、小さな店の前に来ると、桃子は足を止めた。

「んまんま」

指差したのは、煮売り屋である。あるじが、大きな鍋に、こんにゃくをぶち込んでいて、まだ仕込みの途中なのだ。

そのあるじは、桃子を見て、

「おや、桃子ちゃん。今日はお爺さまといっしょかい？」

「んまんま」

「ここでよく買うのか？」

と、桃太郎が訊いた。

「ええ。桃子ちゃんが、うちのさつま揚げが大好きみたいでね」

「ほう」

ちょうど揚がったところらしく、ざるに黄金《こがね》色のさつま揚げが並んでいて、じつにうまそうである。

「揚げたてはうまいんだよな」

「そうなんですよ」

慈庵からも、魚肉のすり身は身体にいいと聞いていた。当然、桃子の身体にもいいだろう。当の桃子も、なんだか食べたそうにしている。

「一つくれ」

「へい」

それを買って、道端の立ち食いはいくらなんでも行儀が悪いので、近くのお稲荷さんの境内に行き、クスノキの根元に腰かけて、桃子と分け合って食べた。おそらく、千賀も孫たちにこういうことをしては、富茂から疎《うと》まれているのだろうが、身体にいいものは食べさせたほうがいいのだと、桃太郎は自分に納得させた。

桃子といっしょに雨宮の役宅にもどって来ると、ちょうど向こうのほうから雨宮と又蔵、それと見知らぬ男が来るところだった。

「ちーち、ちーち」

と、桃子がはしゃいだ。

「うん、父だな」

とは言ったが、桃太郎はかすかに嫉妬心を覚えた。そのうち、自分より雨宮のほうが好きになったりされると、いささか悔しい気がする。

雨宮は、桃太郎の前まで来ると、

「これが、お貞の前の亭主、秩父屋《ちちぶや》の千蔵《せんぞう》です」

と、指差して言った。

小柄な瘦せた男で、桃太郎にも怪訝そうに頭を下げた。

「連れて来たのか？」

桃太郎は驚いて訊いた。

「自分はやってないと言うのですが、もしかして現場を見せると、言うことが違ってくるかと思いましてね」

「ほう」

変わったやり方である。これがいい方法なのかどうか、桃太郎にはわからない。町方ではよくやる取り調べの手法なのかもしれない。

「ちょうどよかったです。愛坂さまもぜひ、こいつの言うことを聞いてください」

「じゃあ、桃子を置いて来るよ」

と、役宅のなかの珠子に桃子を返してもどって来た。

「ここがお貞の家だ」

と、雨宮は言った。

「ここが……」

千蔵は家全体を眺めた。

「この前来たばかりだろうが」

「来てませんよ」

「じゃあ、入ってみろ。お前を待っているかもしれねえぜ」

「お貞、まだ、いるんですか？」

「どうかな。見てみなよ」

千蔵は恐る恐る戸を開けた。

土間と板の間を見渡し、奥の間ものぞくようにして、

「二階ですか？」

「もう荼毘《だび》に付したよ」

雨宮がそう言うと、千蔵はホッとしたようにうなずき、

「そうですか。墓ができたら、お参りには行かしてもらいます」

「まあ、入んなよ」

雨宮は千蔵の背中を押して、なかに入れた。

土間に立ったまま、

「ここで絵ばっかり描いていたんでしょうね」

と、千蔵は感慨深げに言った。

「おめえといっしょのときもそうだったのかい？」

「ええ。まあ、あたしはそんなもんだと覚悟してたんですが、うちの親がうるさく言いましてね」

「家事はしなかったのか？」

「いや、適当にはしていたんですが、親はもっとさせたかったんでしょうね」

「おめえがそういう気持ちなら、追い出すことはなかっただろうが」

「そうなんですが、あいつも、やっぱりここには来るんじゃなかった、お前さんといっしょになれば、好きなだけ紙が使えると思ったからとか言うもんで、ついつい大喧嘩になっちまいまして」

「憎んじゃいなかったってか？」

「憎んでなんかいませんよ。あたしはあのままでも、別にかまわなかったんです。惚れて嫁にしたんですから」

「どういう女だったのだ？」

桃太郎が訊いた。

「いい女でしたよ」

そう言うと、千蔵は泣き始めた。

「ただ、いい絵を描きたいという気持ちが並外れてましてね。おやじもそこそこ売れた絵師だったから、おやじを超えたいという気持ちもあったんでしょうね。あたしは才能もあったと思います。戯作の挿し絵描きで終わる女じゃなかった。あたしが、もっと覚悟を決めて支援してあげてれば、こんなところで殺されることなんかなかったのに……」

「こんなところで悪かったな」

雨宮はつまらない厭味を言った。

「これは違うだろう」

と、桃太郎は泣きじゃくる千蔵を見ながら、雨宮に囁《ささや》いた。

「違いますか？」

「とりあえずはな。だいたい、胸を一突きしていたら、返り血だって浴びたはずだ。それで夜中に店まで帰れば、どこかで見咎められたりもしてるはずだろうが」

「それはそうですね。じゃあ、今日は帰しますか？」

「まあ、それはあんたの判断だろうが」

「帰します」

と、雨宮は千蔵に店にもどるよう言った。

桃太郎は、とぼとぼと帰って行く千蔵を見送って、

「殺されたお貞は、そんなにいい女だったのか？」

と、訊いた。横たわっている姿は見えたが、顔までは見ていない。

「いやあ」

雨宮は首をかしげ、又蔵を見た。

「それほどでもなかったような」

又蔵は言った。

「おい、あんたたち、珠子や蟹丸と比べるなよ。あの二人は、人並外れて、磨き

がかかったいい女なんだからな。比べちゃ駄目だ」

桃太郎は呆れて言った。

七

翌日——。

朝から、妻の千賀が腹が痛いというので、医者の横沢慈庵を呼んでやり、千賀の診察のあと、しばらく話をした。

今日の腹痛は単なる食当たりのようなものだったが、慈庵が千賀に、甘いものを控えるようにと苦言を呈すると、

「あたしの唯一の生き甲斐ですのに」

なんと千賀は、泣き出してしまった。

桃太郎は、これが還暦を過ぎた大人の態度かと呆れたが、しかし、確かに千賀は、若いころから異常なほど、甘いものが好きだった。

慈庵が帰ったあとも、

「お前さまが、あんなお医者を勧めるから」

と、逆恨みされた。

「だが、あいつの言うことを聞くと、身体の調子はほんとに良くなるぞ」

「あたしは、お腹が痛かっただけで、身体の調子など悪くなかったですよ。毎日、ご飯をおいしく食べることができたら、それは健康の証拠でしょうよ」

「じゃあ、食えばいいだろう。毎日、牡丹餅《ぼたもち》を十個でも二十個でも」

桃太郎はムッとして言った。

「そんなことは言ってませんよ。ただ、ここんとこ、ちょっと肥《ふと》り過ぎかなとは思ってましたけど」

「それでちょっとか」

と、思わず言いそうになったが、危うく飲み込んだ。

「ま、試しに十日ほどやってみな。なにも変わらぬようだったら、元にもどせばいいだろうが」

「わかりました」

「そういえば、珠子や蟹丸たちも、意外に甘いものはあまり食べないみたいだな」

「好きじゃないんでしょ」

「いや、どうも我慢しているふしがあるな。そういえば桃子にも、飴《あめ》や饅頭は与えないでくれと言われているのだ」

「まあ」

「やはり、美貌を売りにしてきた女たちにとっては、甘いものは毒なのかもしれないな」

「どうせあたしは、美貌を売りにできませんから」

「いや、わしもあんたにはいつまでもきれいでいてもらいたいからな」

そう言ったあと、歯が浮いてきたのがわかった。

そんなことがあったもので、屋敷を出るのが遅くなってしまった。

海賊橋を渡り、卯右衛門のそば屋に立ち寄ったが、例の客はすでに来て、帰ってしまったという。

「そりゃあ、残念だった」

と、桃太郎は顔をしかめた。

「会いたかったので？」

「そうではない。じつは、わしも箸を使わずに食う方法を見つけたのさ」

「そうなので？」

「やって見せよう。いつものやつを頼む」

卯右衛門が天ざるそばを持って来ると、

「こっちに回ってみるのは駄目だぞ」

「はあ」

箸を使わずに食べてみせた。

それはうまくできたのだが、

――ん？

そばがいつもよりまずくなった気がする。

変な食い方をしたからなのか。

「ほんとだ。まったくわかりませんね」

桃太郎の疑念をよそに、卯右衛門は嬉しそうに言った。


外に出て、雨宮の役宅に向かう途中、空き店があるのに気がついた。南茅場《みなみかやば》町《ちょう》の、河岸から一本奥に入った通りである。

間口は二間半くらい。横から見ると、けっこう奥行きもあるみたいである。

たしか、ついこの前まで、飲み屋だった気がする。

隣の瀬戸物屋のおやじに、

「ここの家主は？」

と、訊ねると、

「うちの家作ですよ」

「まだ決まってないのか？」

「はあ」

武士がどういうつもりなのだろうという顔でうなずいた。

「良さそうな店だがな」

「決まりそうな話はあるんですがね」

「申し込んでる者はいるんだな？」

「迷っているみたいでしてね」

「なんの商売をやるつもりだ？」

「はっきりは言ってなかったですが、ここは食いもの屋でしょう。飲み屋でも飯屋でも流行《はや》るはずですよ」

「ははあ」

桃太郎の頭のてっぺんで、ピカッと閃いた。

八

翌日――。

桃太郎は卯右衛門のそば屋で、例の女が来るのを待っていた。

昼過ぎに、例の女はやって来た。

「ざるそば。箸は要りません」

と、おなじみの注文をしたあと、卯右衛門がそれを持って来て、ほかの客たちも興味津々で食べるようすを窺っていたとき、

「おい、お前」

桃太郎は別の席にいた男の客に声をかけた。

「え？　あたしですか？」

びっくりしたように顔を上げたのは、三十五、六の、なんとなく垢抜けない感じの男である。

「唐辛子の筒に変なものを入れるのはよせ」

「えっ」

「いま、入れただろう」

「そ、そ、そんなことは」

「ごまかしてもわかっている。あの女が、ここのおやじやほかの客の注意を引きつけている隙に、お前はその唐辛子の筒になにかを入れていたんだ」

「な、な、なんで、そ、そんなことを」

男は激しくどもった。言葉には訛りもある。

「お前はすぐ向こうの空き店でそば屋をやりたいんだろう。だが、ここに流行っているそば屋があったのでは、この先、流行りそうもない。そこで、このそばの味を落とし、あっちのほうがうまいと思われるのを狙ったのだろうが」

桃太郎がそう言うと、卯右衛門は調理場で大きくうなずいた。

「ご勘弁ください！」

男はいきなり土間に手をつき、桃太郎に土下座をした。

「わしはここのあるじではないので、なんとも言えぬな」

「ここの旦那さまは？」

「あたしだよ」

と、卯右衛門が調理場から出てきた。

「旦那さま。申し訳ありません」

「そっちはおかみさんかい？」

「はい。女房です」

「ちょっと外で話を聞かせてもらうよ」

ほかの客を気遣い、卯右衛門は二人を外に出し、店の裏手に回った。もちろん、桃太郎も付いて行く。

「なに入れたんだい？　毒じゃないだろうね？」

卯右衛門は訊いた。

「ど、ど、毒なんか、い、入れるわけありません。ド、ドクダミの粉と、ザ、ザボンの皮を干したやつを粉にしたものです。く、く、臭みと苦みがありますが、薬にこそなっても、ど、毒じゃありません」

どもりながら、必死で弁解した。

「そりゃあ、七味といっしょに入れられたら、そばもまずくなっちまうね」

「旦那、あいすみません。やったのは、あたしなんですから。この人は悪くないんです。言い出したのは、あたしなんです」

と、女房がわきから言った。

「そんなこと言っても、夫婦なんだから」

「一昨年、神田の松枝町《まつがえちょう》でやっと自分たちの店を持ったのですが、そのすぐあとに〈やぶそば〉ができてしまいまして、お客はぜんぶそっちに取られてしまって。そばは負けない自信があるんです。でも、やぶの名前は強いし、この人も愛想が悪いこともあって、結局、半年でつぶれてしまったんです。でも、この人のそばは、やぶにも負けないくらいうまいんです。それから、棒手振《ぼてふ》りや内職で、なんとか金を貯めて、もういっぺんだけ店をやってみようと探したんですが、こちらがあるなら、やっぱり難しいだろうと……」

「なるほどねえ」

「ここらで話を聞いたら、こちらのお店は、自分の店だし、家作もいくつかお持ちになっているというので、多少、客の数が減ってもそんなにつらいことにはならないだろうと思ってしまいまして」

女房もそう言って、泣きながらうなだれた。

桃太郎は、こういう場面は苦手である。

——解決しなくてもよかったかな。

と、内心で後悔していると、

「あんたは、うどんはやるのかい？」

卯右衛門が男に訊いた。

「ええ。そばのほうが自信がありますが、前の店でもうどんを出してました」

「だったら、もっと向こうにうちの空き店があるんだ。霊岸橋《れいがんばし》のたもとのところだよ。そこは流行っているうどん屋だったんだが、ついこの前、あるじが歳で店を畳んじまったんだ。そこをあんたに貸してやるよ」

卯右衛門が言い出した提案に、桃太郎は目を丸くした。

「で、でも、それでは……」

と、男は恐縮したように肩をすぼめた。

「うちとは競合しないよ。人の流れがまったく違うからな」

「ほ、ほんとによろしいので？」

「まず、見てみなよ。決めるのは、あんたたちだ。いまから行こうじゃないの」

卯右衛門は二人の背中を押すようにした。

歩き出そうとする卯右衛門に、

「あんた、いいとこ、あるじゃないの」

と、桃太郎は声をかけた。

「なあに愛坂さまの教えですよ」

「わしがいつ、そんなことを教えた？」

「背中を見て学んだのですよ」

「……」

三人の後ろ姿を見ながら、

「まったく、調子のいい世辞を言いやがって……」

と、桃太郎はつぶやいたが、その胸には、恥ずかしいような嬉しいような気持ちがこみ上げていた。

第三章　猫の見分け方

一

今日も雨宮宅に行く前に、卯右衛門のそば屋に立ち寄ると、おきゃあとおぎゃあの姉妹がいて、しがみつくように話しかけてきた。

「愛坂さま。卯右衛門さんから聞きましたよ」

「見事に謎を解決なさったって」

「ほんとに謎解き天狗ですのね」

「ああ、悔しいっ」

なにが悔しいのかはわからない。

「それでね、愛坂さま」

「お話があるの」

と、姉妹の勢いは止まらない。

「また新たな謎が湧いたの」

「しかも、儲《もう》かる謎」

「愛坂さまなら解けるわ」

「礼金十両」

これには思わず、

「十両？」

と、桃太郎は訊き返してしまった。十両を好き勝手に使えるとなると、世渡りにしばらく余裕が生まれるはずである。

「あたしたちの昔からの知り合いで、南伝馬町《みなみでんまちよう》で瀬戸物屋をしている讃州屋強右衛門《さんしゆうやごうえもん》って人がいるの」

「表通りで、間口十間ほどあるから、まあまあ大店よ」

「そりゃあ、まあまあどころか、立派な大店だろう」

桃太郎は言った。

「でも、見た目はやくざみたいなの」

「とくに、声がね」

「いつも唸《うな》っているような声なの」

「しかも、節をつけて」

「あのしゃべる声が嫌で、ほんとはあたしたちのどっちかが、あそこにお嫁に行く話もあったんだけど、断わったんだよね」

「そう。夜、あの声でなにか言われると思ったら、気持ち悪くてね」

「ただし、見た目は絵に描いたような悪いやつだけど、ああいうのって、たいして悪いやつじゃないんですよ」

「そうそう。それより、見た目は愛想がよくて、善人ぶってるけど、じつは腹黒いやつのほうが、よっぽど悪どいことをするんです」

「それには同感だよ」

と、桃太郎は言った。それにしても、十両の話にはいつ入ってくれるのか。

「代々の大店だけど、自分の代では身上《しんしょう》を増やせていないの。それは、取り立てが甘かったりしたからで、二人の娘も溺愛《できあい》しているしね」

「亡くなった女房も、けっこう大事にしてたらしいわよ」

「そうだってね」

「猫は、女房が亡くなってからだっていうもの」

「でも、いまじゃ、女より猫のほうがはるかに可愛いっていうんだもんね」

「ほんと」

　さすがに桃太郎もじれったくなって、

「それで、十両の謎の話はどうなっておる？」

　と、訊いた。

「あ、その猫のことなんです」

「猫のこと？」

「愛坂さまは、猫はお好きですか？」

「好きだよ。家でも飼っているしな。ただし、わしは猫だけでなく、犬も牛も鳥も、ラッコも好きなのだ」

「ラッコ？」

「そういう生きものがいるのさ。それだけではない。虫も大好きだ。生きものであまり好きでないのは、一部の人間だけだな」

「まあ。それなら、ぴったりですよ」

　と、おきゃあが言い、

「猫の本物を当てるんです」

　おぎゃあが付け加えた。

「なんだな、猫の本物というのは？」

「その讃州屋が、牝の三毛猫をひどく可愛がっていたんです」

「三毛猫の牡は、ほとんどいないからな」

　まれにいて、縁起物扱いされたりするらしいが、桃太郎もほとんど見たことがない。

「あら、そうなんですか？」

「ま、それはいいよ。つづきを聞かせてくれ」

「それで、その三毛猫がこのあいだ突然、いなくなってしまって、もう探すこと、探すこと。血眼《ちまなこ》っていうのは、あのことね。それでも、なかなか見つからなくて、お湯屋に引き札を出したんです。うちの三毛猫を探してくれって」

「なるほど」

　湯屋の猫探しの引き札は見たことがある。

「しかも、見つけてくれたら、お礼に三両、進呈するって書いたんです」

「三両も？」

猫一匹に三両とは、呆れた無駄使いである。

「よっぽど可愛がってたんでしょうね。すると、その翌日、これがそうだろうって、三匹の三毛猫が持ち込まれたんです」

「ははあ」

「ところが、どれもよく似ていて、讃州屋にも見分けがつかないんです。なまじ、似たのが三匹いて、本物がわからないというのは、もの凄く苦しいことなんですってよ」

「そうなのか？」

「讃州屋が言うには、もしも、自分の赤ん坊がかどわかされ、よく似た三人の赤ん坊になってもどってきたときの気持ちを考えてみろって。それと同じなんですって」

「それはよくわかる喩《たと》えだな」

と、桃太郎は苦笑した。

「それで、誰か見分けられる人はいないかという話になったんです」

「当人でもわからぬのに？」

「ですよね。でも、見分けてくれたら十両出すと言ってるんです。お金出しゃいいってもんでもないでしょと言いたいですが、当人はそれくらい必死みたいなんです。そういうのって見分けられるもんですかね？」

「なにか、方法はあるかもしれぬわな」

どんな難問でも、必死で考えれば、いろんな突破口というのが見つかるものなのである。

「さすがに愛坂さま。では、お引き受けいただけるんですね？」

「まあ、駄目かもしれぬが、やってみるよ」

「いまから行きます？」

「それは駄目だ。別の用もある。夕方になるな」

「では、愛坂さまのことは話しておきますから」

と、おきゃあとおぎゃあから、讃州屋の場所を聞いた。なんのことはない、桃太郎は礼金十両につられてしまったのである。

二

雨宮家の近くに来ると、手前に出ていた「貸家」の貼り紙のところで、若い夫婦が話をしていた。

「やっぱり家作はあっちのほうがいいよねえ」

「でも、おめえ、人殺しがあった家に住む気がするかよ」

桃太郎は思わず足を止め、庭木を見るふりをしながら聞き耳を立てた。

「でも、隣のほうだよ？」

「隣ったって、壁一枚しか離れちゃいねえ。幽霊からしたらあってねえようなもんだろうが。それに、どうせもう、隣の家に入るやつなんか、ぜったいに出て来やしねえ。あんだけ瓦版が書きまくってたら、江戸じゅうに、知らねえ人はいねえしな。下手人が捕まったとかいうならまだしも、それもまだなんだから、部屋には殺された女の怨念がもわもわと籠《こ》もっちゃってるよ」

「ああ、こわ」

「隣がそういう空家って、薄気味悪くて、住んじゃいらんねえよ。壁にこう、不気味な血の染みなんか出てきたりするんだぜ」

「やめて、やめて」

　どうやら、こっちの家を借りるつもりらしい。

「肝の小さいやつめが」

桃太郎は小声で毒づいた。

雨宮家の前に来ると、珠子が姉さんかぶりをして、一生懸命、空いてしまった家の拭き掃除をしているところだった。桃子は板の間の隅にぽつんと座って、でんでん太鼓を鳴らしている。

入り口には、「貸家」の札が貼ってあった。さっきの夫婦の会話を聞いたら、珠子はさぞかしがっかりするだろうと、桃太郎は不憫に感じてしまう。

「よう」

桃太郎は入り口から声をかけた。

「あら、おじじさま」

珠子がそう言うと、桃子は立ち上がって、

「じいじ、じいじ。おんも、おんも」

と、駆け寄って来た。

「おんも、行きたいか?」

「おんも、いきたい」

「いいかい?」

と、桃太郎は珠子に訊いた。

「ぜひ、お願いします。あたしは、隣の家の掃除もしなくちゃいけないので」

「昼飯は食べたのかい？」

「まだなんですよ。桃子もおなかを減らしているかも」

「だったら、うどんでも食べさせようか」

うどんは大好きだと聞いていた。

「ありがとうございます」

まずは、桃子の昼食が先だと、町人地のほうへ歩いた。たしか、そば屋もあったはずである。わざわざ卯右衛門のところまで行くこともないだろうと、近所の店に入ることにした。

のれんを分けると、

「おや、桃子ちゃん」

店のあるじがすぐに声をかけてきた。桃子を連れて歩くと、方々で声をかけられて、なんだか人気役者でも連れて歩いているみたいである。

「おじいさまで？」

「うむ。桃子はよく来るのかい？」

「いえ、店には滅多に来られませんが、ときどき出前を取っていただくので、お家のほうでお見かけするんですよ。なんせ、こんなに可愛い赤ちゃんはいっぺん見たら、忘れませんからね」

「うむ」

そう言われると、嬉しくてたまらない。

「しかも、桃子ちゃんのおっかさんがまた、おきれいですからねえ。いらしたときは、ここらでも評判になりましたよ。あれは八丁堀随一のきれいなご新造さまだって」

「……」

あるじのだらしない笑顔を呆れて眺めた。

「わしは食べたばかりなのだが、この子にあったかいうどんを一つくれぬか。それとうどんだけでは滋養が足りぬ。卵を落としてもらうかな。月見ではなく、ちょっとかきまぜたやつでな」

「わかりました」

うどんが来て、桃太郎は桃子を抱っこしながら、ふうふう息をかけて冷まし、一本ずつ口に入れてやる。桃子はちゅるちゅると、いかにもうまそうにうどんを吸う。そのつど汁がはねるので、それを手ぬぐいでぬぐってやる。とき卵のところは、匙《さじ》を借りて、すすらせる。

「おいしそうに食べますね」

店のあるじが出て来て、隣の縁台に座った。

「そういえば、前の長屋の住人が大変なことになりまして」

と、神妙な顔で頭を下げ、

「あの人はよくうちから出前を取ってくれていましたので、あっしも聞いてびっくりしました」

「さっきも言ったが、出前とは仕出しのことか？」

「そうです、そうです」

「料亭では聞くが、そば屋がそんなこと、するのか？」

卯右衛門の店でそんなことをしているのは見たことがない。

「よそじゃあまりやってないみたいですが、与力の旦那に頼まれてやっているうち、うちにも届けてくれとか言われるようになったんですよ」

「与力だったら、小者が頼みに来るのだろうが、お貞は自分で言いに来るのか？」

「そういうときもあります」

「ここで食って帰るほうが手っ取り早いだろうが」

「そうなんですがね……」

詳しい話を聞こうとしたが、桃子がふいにどんぶりに手をかけ、

「おっとっと」

ひっくり返してしまった。

桃子の着物にも、桃太郎の袴《はかま》にも、うどんの汁がべったりついた。

「これはいかん」

急いで、雨宮家にもどることにした。

三

桃太郎は、夕方になって、南伝馬町一丁目の讃州屋にやって来た。うどんのつゆをかぶった袴は、すぐに珠子が洗ってくれたが、まだ乾いていないので、着流し姿で出て来ている。

南伝馬町の通りというのは、日本橋から来て、京橋の手前あたりに位置する、江戸の目抜き通りなのだ。ここに間口十間の店を構えているのだから、たいしたものである。いくら代々とはいえ、なまじ大きくなった店を維持しつづけるとい

うのは大変なのだと聞いたことがある。猫がいなくなっておろおろしている旦那と聞くと、なんだか馬鹿みたいだが、じっさいのところは、やり手の商人なのだろう。

のれんを分けてなかに入り、寄ってきた手代に、名前と要件を告げた。

すぐにあるじの讃州屋強右衛門が店先に出て来て、

「どうぞ、こちらへ。奥の間に」

と、案内された。

長い廊下を歩きながら、

「愛坂さまのことは、おきゃあとおぎゃあから伺いました。謎解き天狗と綽名されておられるとか。あたしも頭が混乱してしまいまして、誰かに助けてもらわないと、気が変になってしまいそうでして」

と、讃州屋は、唸るような声で言った。

「こちらです。猫たちが逃げられないようにしてありまして」

襖を開けた。

十二畳ほどもある広い部屋で、なかには三匹の三毛猫がいた。三匹とも、別々の座布団の上に寝そべっているが、それぞれ赤と白と紫の長い紐が首に巻かれ、紐の端は部屋の柱に結ばれてある。

「ほほう」

桃太郎は三匹をじいっと眺めた。どれもよく似ている。

「ミケ」

と、立ったまま讃州屋が呼ぶと、

「にゃあ」

「にゃあ」

「にゃあ」

三匹とも返事をした。

「こうですよ」

「なるほどな」

だが、それはとくに不思議はない。猫の名前はたいがい単純で、黒猫はクロ、白猫はシロ、虎猫はトラ、そして三毛猫はたいがいミケだろう。

「これじゃ区別もつけにくくなりますよ」

と、讃州屋は情けない声で言った。

「いっそ、三匹とも飼えばいいではないか」

　桃太郎は言った。

「そうも思ったのですが、愛坂さま、お考えください。ご自分のお孫さんがかどわかされて、そっくりの赤ちゃん三人がもどって来たとしたら、三人ともお育てになりますか？」

　また、その喩えを持ち出した。

「そう言われるとな」

　猫と、人間の赤ん坊は別だろうとも思うが、猫を極端なまでに溺愛してしまうと、そういう考えも不自然ではなくなるのかもしれない。

「あたしはやっぱり、ほんとのミケを見つけたいんですよ。それがわかれば、まあ、ほかの二匹も飼ってやっても構わないのですが」

「だが、よく見ると、模様は微妙に違うではないか」

「ええ、違いますね」

「飼い主なら、わかりそうなものだがな？」

「ところが、こうやって三匹見てしまうと、うちの猫がどうだったか、わからなくなってくるんですよ」

「ふうむ」

意外にそういうものかもしれない。これが白に一点だけ黒が入っているとかだったらわかりやすいが、三毛猫の模様というのは、まだら模様のようで、覚えにくいのだ。

「この紐は？」

「誰が預けていったのかを区別するためにつけておきました」

「来た順は？」

「湯屋に猫探しの引き札を貼ると、翌日の昼過ぎには次々にやって来て、ほとんど同じときに来たのです」

「そうなのか。それからあとは？」

「新しい猫は来ていません。だから、あたしはこのうちに、本物のミケがいると思うのです」

本物というのは変だろうが、いちおう桃太郎はうなずいた。

「変わった芸を教えたりはしなかったのか？」

それがやれれば見分けがつけられる。

「あたしは芸をする猫は嫌いでしてね。なんだか犬みたいじゃないですか」

「犬みたいじゃまずいのか？」

「犬なんかといっしょにしたくありません」

「……」

桃太郎は内心、ムッとした。犬好きや猫好きのなかには、極端にどちらかだけを偏愛するムキもあるが、どの生きものにも、それぞれの可愛さがあって、そんなこともわからずに猫を可愛がっているのかと言ってやりたい。が、そこは礼金十両のため、グッと我慢をした。

「だが、どこかの家に入り込んでいて、出てきていないということも考えられるわな」

と、桃太郎は言った。

「あたしは、それはないと思うのですよ。人見知りする猫なので、知らない家に入り込んでいたりするはずはありません」

「そうか」

「ご近所を見て回るので？」

「いや、あんたがそう言うなら、とりあえずは、持ち込んだ三人の人《にん》ていを見ておくかな。信頼できる者かどうかを見定めれば、猫のあたりもつくだろう」

「なるほど。いまから始めますか？」

外を見ると、すでに陽が落ちかけている。

「その三人というのは？」

「ご浪人と、幇間《ほうかん》と、この並びにある豆問屋の若旦那です」

「明日の朝から始めたほうがよさそうだな」

「わかりました。では、案内役をつけましょう。新吉《しんきち》！」

と、讃州屋は店のほうに声をかけた。

「へい」

やって来たのは、いかにも愛想のいい、口の軽い、なんだかおばさんを若造にしたような男だった。

「お前、明日から、こちらの愛坂さまを三毛猫を持ち込んだ三人のところにご案内してあげてくれ。よいな」

「わかりました」

「よろしくな」

と、桃太郎も頭を下げた。

四

翌朝――。

屋敷を出ようとすると、

「お前さま」

と、千賀に捕まった。

「なんだ。土産に甘いものでも買って来ようか？」

あれから、いちおうは甘いものを我慢しているらしい。

「けっこうです。それよりも、これ」

と、瓦版を裏返しにして差し出した。

見なくても見当がつくが、いちおうチラリと見て、丸めて懐に入れた。どうせ、憶測だらけの与太話である。

「この雨宮家というのは、珠子が嫁に行ったところでございましょう？」

千賀は声を低くして訊いた。嫁の富茂の耳に入ることを警戒しているのだ。仁吾に隠し子がいるとわかったら、富茂は愛坂家の三人の男の孫も皆連れて、実家に帰りかねない。愛坂家は存亡の危機に瀕することになる。

「そうなのさ」

「桃子は大丈夫なんですか？」

千賀も心配そうな顔である。

「うむ。雨宮家が狙われたのではないからな」

とは言ったが、その可能性がないわけではない。

「そうですか。それでこのところ、毎日、お出かけになっているんですね？」

「まあ、それもあるが」

今日は礼金十両のために出て行くのである。

「あんた、この瓦版は、どこで仕入れた？」

旗本の奥方は、ふつう巷《ちまた》のできごとなど耳にしたくもないし、ましてや瓦版など買うわけがない。

「松蔵が外の飲み屋で見つけてきたのです」

松蔵は屋敷にいる中間で、探索の腕も立ち、桃太郎が現役のときは、ずいぶん頼りにもしてきた。坂本町にいるときは、屋敷とのあいだの伝言役にもなっていたので、珠子の嫁入り先もわかっている。

「なるほど。仁吾にも見せたのか？」

「いいえ。仁吾にはもうなにも教えなくてよいでしょう。桃子には新しい父親ができたのですから」

「まあな」

とは言ったが、そもそも仁吾は父親らしいことなどほとんどしていない。その分も、桃太郎は補ってやるつもりなのだ。しかも、雨宮も珠子も、父親はすでに亡くなっているので、桃子の「じいじ」は、嬉しいことにこの世で桃太郎ただ一人なのである。

「お前さま、下手人を捕まえるつもりなのですか？」

「わしが出しゃばるわけにはいかんだろうが」

「でも、じっとしていられます？」

千賀は見透かしたようなことを言った。

「ま、やれることがあれば、してあげる。それだけだな」

「桃子によろしく。あ、これは珠子に」

小判を一枚、桃太郎に握らせた。千賀も桃子のことは心配しているのだ。

讃州屋に顔を出すと、すぐに手代の新吉が出て来て、

「では、参りますか」

と、すぐに店のわきの路地に入った。

「お前もいなくなった猫は見ていたのだろうが？」

桃太郎は歩きながら、新吉に訊いた。

「ええ、見てはいましたが」

「だったら、区別はつくのではないか？」

「いやあ。とにかくうちの旦那は、あのミケをほとんど手離すときがないくらい可愛がっていましてね、あたしら店の者なんかが可愛がると、むしろ嫌な顔をされるので、ほとんど構わないようにしていたんですよ」

「なるほどな」

桃太郎も生きものは好きだが、そこまで独り占めしたいとは思わない。むしろ、他人も可愛がってくれたら嬉しいほうである。

「まずは、赤い紐の猫を持ち込んだ内藤寿三郎《ないとうじゆさぶろう》というご浪人さんのところをご案内します。ちかくの長屋に住んでましてね」

そう言いながら、路地伝いに二度ほど曲がると、

「この繁蔵《しげぞう》長屋にお住まいでして」

と、長屋の前で立ち止まった。

大店の裏手にあって、日当たりは悪いが、見かけは新しい。窓のない棟割長屋ではなく、小さいが一軒ずつ庭もついているらしい。

「どこだ？」

「その右手の奥から二番目の家です。話をお訊きするので？」

「そうだな」

「では、あたしはここでお待ちします」

桃太郎はうなずき、

「ごめん」

と、内藤寿三郎の家の前で声をかけた。

「どなたかな？」

「讃州屋の猫のことで、お訊きしたいことがあってな。わしは、愛坂桃太郎と申す者」

「入られい」

なかに入ると、内藤はすぐに居住まいを正した。三十半ばほどだろうか。総髪《そうはつ》にしていて、浪人暮らしは長そうだが、身なりも家のなかも、薄汚れた感じはしない。

「いや、堅苦しい挨拶は抜きで」

と、桃太郎は上がり口に腰をかけた。

「讃州屋に三毛猫を持ち込まれたが、ほかに二匹いたのはご存じですな？」

「ええ。区別がつくまで、礼金はお待ちくださいと言われました。貴殿はその件でいらっしゃったので？」

「ええ、まあ」

内藤はうなずき、庭のほうを見た。

庭先に黒猫と、虎猫がいた。餌をねだっているわけでもなさそうで、それぞれで毛づくろいをしている。

「ほう。猫を飼っておられるのか？」

「飼っているというよりは、勝手に出入りさせているようなものです。猫はもともと大好きでしてな」

「はいはい」

「すると、湯屋の引き札を見たとき、前日から見かけない三毛猫が来ているのを思い出して、翌日も来たところを捕まえて、持って行ったというわけでござるよ」

「なるほど」

「ま、違うと言われるなら仕方がないが、しかし、飼い主が決められないというのも困ったものですな」

「まったくです」

「ほかの二匹を持ち込んだ者のところへは？」

「これから伺うところです。いや、お邪魔いたした」

と、桃太郎は外に出た。

「どうでした？」

新吉が訊いてきた。

「うむ。言うことに不自然なところはなかったが、ちと気になったことがあった」

「なんです？」

「内職をしているみたいだが、部屋の隅に置いてあったのは、紙と筆だったのだ。なんの内職かな」

「紙と筆ですか。いわゆる筆耕《ひっこう》というやつでは？」

「うむ」

読み書きすらできない者がいるくらいだから、難しい漢字などもうまく書ければ、内職仕事はいくらもある。だが、文字を書くなら、もう少し、参考にする書物などがあってもいい。あそこには書物らしきものはまったくなかった。

長屋の路地を出ようとすると、ちょうど住人らしき男が来たので、

「ちと、訊きたいが、この長屋の内藤さんは、なんの内職をされているのだ？」

「ああ、なんなんですかね。毎日、猫の絵を描いているんですよ。それでどうにか暮らしているみたいなんですがね」

「猫の絵？」

「それを、馬喰町《ばくろちょう》にある絵双紙《えぞうし》屋に持って行くみたいですよ」

「ほう」

「おっと、あっしから聞いたことはないしょですぜ」

男は口を手で押さえながら、長屋のほうに行ってしまった。

「猫の絵なんて売れるんですか？」

新吉が訊いた。

「そういえば。猫絵というのがあると、聞いたな」

「猫絵？」

「うむ。田舎に行くと、猫はネズミを捕るので貴重な生きものになっているのだ。とくに養蚕《ようさん》をしている農家は、ネズミが嫌らしく、猫を欲しがるらしいな。一匹、数十両という話も聞いた。ときおり猫さらいが出没するのは、そういうところに売れるからだろうな」

「数十両で売れるなら、あたしもやりたいですよ」

「ははあ。それで、お前が旦那の三毛猫を売ったのか？」

「え？　勘弁してくださいよぉ！」

新吉は泣きそうな顔で言った。

「冗談だ。お前にそんな手づるはないだろうよ。それより、そうした数十両もする猫が買えない養蚕農家は、猫の絵をネズミ除けに貼っておくのだそうだ」

「それが猫絵ですか？」

「うむ。馬喰町の絵双紙屋と言っておったな。行ってみよう」

「行って、どうなさるので？」

「たぶん、庭に来ていた猫を手本にして描いているのだ。あの男が描いた三毛猫の絵を購入してみよう。もし、讃州屋の三毛猫がいなくなる前から、三毛猫を描いていたら、なにがわかる？」

「この前持ってきた三毛猫は、うちのやつとは別だってことですね？」

「そういうことだ」

と、二人で馬喰町に向かった。

馬喰町は旅人宿がずらりと並んでいる。その間には、土産物を売る店も多い。絵双紙屋もその一つで、浮世絵や絵双紙、読本などは江戸土産として人気が高いのである。

「絵双紙屋も多いな」

「多いといっても二十軒はないでしょう。内藤寿三郎さんの描いた猫絵を売っている店を見つければいいんですね。おまかせください」

と、新吉は絵双紙屋を一軒ずつのぞいていった。

五軒目か六軒目の店である。

「愛坂さま」

と、新吉が呼んだ。

「そこか？」

「ええ。内藤さんの猫絵を置いているそうです」

店先の棚を見ると、三種類の猫絵が並べてある。黒猫と虎猫、そして三毛猫もある。どれも毛を逆立てて、化け猫じみているが、これは手本の猫を見ながら誇張したのだろう。

見ていると、

「内藤さまの猫絵は評判がいいんですよ」

と、店主が声をかけてきた。

「なるほどな。こういう絵は描くのは早いんだろうな？」

桃太郎は訊いた。

「人にもよりますが、内藤さまは丁寧でしてね。早くはありませんよ」

「月に何枚くらい描くんだろうな？」

「せいぜい日に五枚がいいとこだとおっしゃってましたよ」

「刷りものにはしないのか？」

「直筆のほうがありがたがられるし、高く売れますのでね」

なるほどそれらしく「寿堂《ことぶきどう》」と号が入り、印も押してある。

「すると、ここにある絵は毎日、持って来るのかい？」

「いいえ。せいぜい半月に一度というところですよ」

「この三毛猫の絵も?」

「三毛猫は色が難しいわりに、怖さが黒猫や虎猫に劣るんで、あまり売れないいんですよ。なので、そこにあるのはふた月ほど前に描いたものですね」

「そうか。ま、わしはこの三毛猫が気に入った。これをもらおう」

いちおう新吉に、この絵といま讃州屋にいる猫を照合させるつもりだが、するまでもなく、内藤の三毛猫はニセモノだろう。

「百二十文いただきます」

けっこうな値段である。

四つに折って懐に入れてから、

「ところで、あんたのところは、一桜斎貞女の絵は置いてないのか?」

と、訊いてみた。

「ああ、それって最近殺された女絵師でしょ?」

「そうらしいな」

桃太郎は、関わりなどないという顔をした。

「あの絵師は、もっぱら戯作の挿絵を描いてましてね。ええと、あの人のは……」

と、棚をずらっと見て、

「これがそうですね。それとこれも」

二冊、桃太郎に示した。

題を見ると、『仰天鉢合わせ春の江《え》の島《しま》』と、『猪村の狸囃子《たぬきばやし》』とあり、どちらも知らない戯作者が書いたものである。

「じゃあ、これも」

と、二冊買った。

店主はそれを手渡しながら、

「まだこれからの絵師でしたのに、残念ですよ。早く下手人が見つかるといいんですがねえ」

「まったくだ」

と言って、絵双紙屋を後にした。

五

「次はどこだ？」

と、桃太郎は新吉に訊いた。

「ええ。白い紐の三毛猫を持ち込んだ、幇間の電八《でんぱち》さんを訪ねましょう」

「家に行くのか？」

「家というか、越中橋《えっちゅうばし》の近くに〈楓山《もみじやま》〉という大きな料亭がありまして」

「ああ、あるな」

珠子のお座敷に付き合って、桃子といっしょに来たことはないが、目付時代に、何度かそこで張り込みをしたことがある。不良旗本の悪い相談は、自分の屋敷ですればいいものを、しばしば料亭でなされるのだ。もっとも、目付側としたら、そのほうが盗み聞きには都合がよかった。

「そこの料理人だの仲居だのが住み込んでいる寮に居候を決め込んでいるんですよ」

「そりゃあ、面白い暮らしだな」

幇間の暮らしなど、めったにのぞけるものではないので、興味が湧いてくる。

「そこの宴会専門にやっているみたいです。まあ、幇間は皆そうなんでしょうけど、ぺらぺらとよくしゃべるやつですよ」

「だが、そういうやつに限って、本当のことは話さなかったりするのだよな」

「そうかもしれませんね」

「では、どうするか……」

思案しているうちに、その楓山の前にやって来た。

まだ、昼前で店は開いていない。

ふと玄関のあたりを見ると、見覚えのある女将が、帳簿を開いていた。

「よう、女将さん」

と、桃太郎は声をかけた。

「はい？」

「わしは以前、目付をしておった愛坂というがな」

「あらあ、愛坂さま。はい、お久しぶりでございます。まだ、お目付を？」

「いやいや、隠居してもう四年が経つよ」

「そうでしたか」

「ここは昼は、やっていたかな？」

「昼は適当なんです。お得意さまにとくに頼まれたときは、座敷を一つだけ開けたりしてるのですが」

「ちと疲れてしまってな。食うものはなんだっていいんだ。あんたたちの賄い飯《まかない》でかまわない。小座敷の一つでも貸してもらえぬかな」

「ほんとに賄い飯でよろしいんですか？　けんちんうどんみたいなものになりますよ」

「おお、大好物だよ」

「裏の四畳半でもかまいませんか？」

「けっこう、けっこう。ちょっと昼寝がてら横になれればいいんだ」

「では、どうぞ、お上がりを」

と、奥に通った。

客室というより、お付きの者が休憩するような部屋だが、もちろん桃太郎に文句はない。

障子窓を開けると、すぐ前は、葭簀《よしず》で目隠しされていて、景色らしいものはなにも見えない。

「まあ、飯を運んできたら、仲居に話でも聞いてみよう」

「そういう策でしたか」

と、新吉は感心した。

「讃州屋もここにはよく来てるのかい？」

「ええ。ここは天ぷらがうまいというので、贔屓にしているみたいです。幇間の電八さんも、猫がいなくなったという話を、ここで直接、聞いたそうですよ」

「湯屋の引き札を見たのではないのか？」

「はい。電八さんは、ここの内湯に入らせてもらっているので、湯屋には滅多に行かないみたいです」

「なるほどな」

「それで、あたしがなんとか見つけ出しますと、夜中に町じゅう探して歩いたと言ってましたよ」

「ふうむ」

いかにも幇間らしい調子のいい話である。

飯が来るのを待ちながら、ゆっくりしていると、葭簀の向こうで、

「電八っつぁん。あたしのミケを早く返しておくれよ」

と、声がした。

「おや、誰かと思えば、筆頭仲居のおたえさん」

そう言ったのは、電八である。

「なにが筆頭仲居だよ。うちにそんなものはないよ」

「そうでしたか。あたしは、抜きんでた客あしらいの見事さから、てっきり筆頭仲居の地位にあると思ってましたよ」

どうやら、葭簀の向こうは寮になっているらしい。いい部屋に入れてもらったものである。

「そんなことより、電八っつぁん。あたしが可愛がってた三毛猫を、どこに持って行ったんだい？」

「どこにも持ってなんか行きませんよ。ちょっと猫の真似の稽古に借りただけで、すぐにもどしておきましたよ」

「だって、もどって来てないよ」

桃太郎は、新吉の顔を見てにんまりした。

「おかしいなあ。縁の下にでも潜り込んでるんじゃないの」

と、電八はしらばくれている。

「あんた、食べちゃったんじゃないだろうね？」

「そんな馬鹿な」

「いや、あんたならやりかねない。前に、電八っつぁんはお腹空かして、犬、食べちゃったって聞いたよ」

「あのね、おたえさん。犬は食べられるんだよ」

「ふつうは食べないよ」

「猫なんか食べられないんだから、いくらあたしでも食べません」

このやりとりで、電八の猫もニセモノとわかった。

六

楓山で、賄い飯のうどんをかっこむと、早々に外へ出て、

「次はどこだ？」

と、桃太郎は訊いた。

「ええ。うちの店の並びですよ。道を挟んで、三軒向こうになりますか」

「商人か？」

「〈加賀屋《かがや》〉という豆問屋の若旦那なんですよ。名前は、徳次郎《とくじろう》さんといいます」

「ほう、若旦那か」

「旦那は、たぶん若旦那の猫が本物じゃないかとは言ってました」

「なぜ？」

「若旦那は、金なんか要らないと言っていたんです」

「金を要らない？」

「だったら、わざわざニセモノをうちに届けることはしませんよね。あたしが見たところでも、隣近所同士の親切ってことでしてくれたので、騙そうなんて気は、これっぱかりもないと思いますよ」

店の前に来た。こちらも讃州屋に負けないくらいの大店である。ここの若旦那だったら、三両程度の礼金のため、近所の商人を騙すようなことはしないだろう。

しばらく通りから店のなかを窺っていると、勢いよく子どもが店から出てきた。

「あれが若旦那です」

「あれが？」

思わず、呆れたような言い方をした。若旦那というより、お坊ちゃんか小僧といったほうがいい。

「見えないですよね」

「幾つだ？」

「十七、八じゃないですか」

「歳よりずいぶん幼く見えるな。どう見ても、十三、四だ」

背丈のほうはそれなりにあるが、体格が頼りない。頭が大きく、首から下がやけに細いのだ。そこへ、子どもが着るような、寸足らずの着物を着て、手にはけん玉を持っていた。

「ですよね。でも、読み書きそろばんなどは、びっくりするくらい達者らしいですよ」

「そうなのか」

「あたしらに訊くことも、焼き物の土の種類とか、絵柄の微妙な違いとか、細かいところまで突っ込んできますから」

「ほう」

たしかにそういう子どももいる。見かけややることは子どもっぽいが、知識などはかなり進んでいて、人間が凸凹《でこぼこ》している。そういうのが、意外にやりての商人になるのか、ただの変わり者になるのか、まだ判断はつかないだろう。

どこかに出かけるところらしい。

「おい、新吉。後をつけるぞ」

「ええ」

裏道に入り、近くの空き地に入った。

「よう、徳次郎」

「よう」

仲間がいた。長屋の悪ガキみたいな子もいる。

若旦那はそこでけん玉を始めた。桃太郎と新吉は、物陰からそのようすを窺った。

「おい、あの技、完成したぜ」

若旦那はそう言って、玉をぐるぐる回したあげく、スポッと棒の先に入れた。

「うぉお」

と、仲間内から称賛の声が上がった。桃太郎ですら、見ていて感心した。手妻のような技である。

「凄いよ、徳次郎」

「なんて言う技なんだ？」

「流星丸降臨《りゅうせいまるこうりん》と名づけた」

若旦那は自慢げに言った。

「いいなあ、流星丸降臨かあ」

そこへ新たな仲間が来た。

「おい、タケちゃん、持ってきたか？」

と、若旦那が訊いた。

「ああ。ほら」

仲間が懐から出したのは、黒い仔猫である。

「可愛いなあ」

と、若旦那が手を出して、仔猫を受け取った。

「黒猫って気味悪くないか。夜なんか目だけ光って見えるんだぞ」

ほかの仲間が言った。

「それが面白いんじゃないか」

「縁起が悪くならないのか？」

「黒猫が横切ると縁起が悪いとか言うよな」

「ああ、言う」

「だが、逆に縁起がいいって言うところもあるんだと。つまりは、そんなのでたらめだってことだろう」

「でも、飼えるのか？　おっかさんから、猫は一匹だけって言われてるんだろう？　豆問屋で猫なんか飼うのは、それでなくてもまずいよな」

「前の三毛猫はよそにやっちまったよ」

「そうなのか」

このやりとりに、桃太郎と新吉は顔を見合わせた。

「これで、若旦那が持ってきた猫も違うとわかったな」

「ええ。そりゃあ、礼金も要らないはずですね。でも、愛坂さま、こうなると、三匹とも、もともといた三毛猫ではないってことになりますね」

「そうだな」

「それだと、愛坂さまの謝礼はどうなります？」

「本物を見つけるというのが条件だったから、まずいよなあ」

桃太郎は考え込んだ。

七

「ところで讃州屋は、女のほうはどうなってるんだ？」

桃太郎は新吉に訊いた。

「ああ、女ですか」

新吉は、なにか思い出したらしくニヤリとした。

「女より猫が好きと言ったって、女も嫌いなわけではないだろう？」

「もちろん嫌いではないんでしょうが」

「どこかに妾の一人や二人は囲っているんじゃないのか？」

「囲ってました。半年ほど前までは。でも、なんだか鬱陶しくなったとか言って、手を切ったみたいです」

「金でもせびられたのかな」

「いや、あの旦那はケチではないんですよ。『にゃあーん』て鳴かないのは駄目なんじゃないですかね。へっへっへ」

新吉は面白そうに言った。

「その妾というのは、どこにいた？」

「小網町《こあみちょう》の何丁目でしたかね」

「行ったことはあるのか？」

「使いで二度ほど」

「案内してくれ」

と、桃太郎は小網町のほうへ足を向けた。

「別れた妾の家にですか？　あんなところまで猫は行かないでしょう」

「猫は行かなくても、妾が連れ去ったかもしれぬではないか」

「あの女、旦那の猫のこと、知ってましたかね」

「知らないわけがない。旦那と妾というのは、そういう話をするものなのだ。わしは、妾を持ったことはないが、それくらいはわかる」

「はあ」

日本橋川沿いの小網町にやって来た。

小網町は一丁目から三丁目までしかないが、二丁目と三丁目はやたらと長いのである。

新吉はしきりに首をかしげている。

「何丁目だったか、思い出せないのか？」

「いや、だいぶ下流の、崩橋《くずればし》の近くだったと思います」

「では、もっと先だな」

「あ」

新吉の足が止まった。クスノキの大木が立っている。

「どうした？」

「この路地です。この木で思い出しました」

「よし、よく思い出した」

桃太郎たちは路地をくぐった。

奥は、以前、桃太郎が住んだ卯右衛門長屋のように、二階建てのこじゃれた長屋になっている。

「どこだ？」

「たしか、そこの向こうから二番目の家でした」

「女の名は？」

「ええと、おしまだったかと」

「わかった」

「あたしは気まずいので、ここで待っててていいですか？」

「かまわんよ」

と、桃太郎がゆっくり足を進めると、家のなかから、

「みゃーん」

と、いかにも甘えたような声がした。

格子の嵌まった窓から、そっとなかをのぞいてみる。

若い女が、三毛猫を抱いていた。女は色白だが、これといった特徴に乏しく、明日には忘れてしまいそうな顔をしている。見たところでは、すれた感じはしない。

その窓から、

「おう、ミケ。お前、こんなところにいたのか？」

と、声をかけると、ミケは、

「みゃぁーん」

と、いかにも甘ったれた声で啼《な》いた。女のほうは、ギョッとした顔で、こっちを見ている。

桃太郎は戸口のほうに回って戸を開けた。

「ごめんよ」

「どなた？」

「おしまさんだね。わしは、讃州屋に頼まれごとをした者だよ」

「……」

「その猫は讃州屋の猫だな？」

「……」

「なんで、こんなことをした？」

女は怒りがこみ上げてきたらしく、

「ひどいことを言われたからですよ。お前より、猫のほうが可愛いって」

と、眉を吊り上げて言った。色白の肌が青くなった。

桃太郎は、内心では讃州屋に共感したが、もちろんそんなことは言わない。

「仕返しか？」

「たいした仕返しじゃないでしょうよ」

「いくらで手離す。交渉してやろう」

「金は充分、もらいましたよ」

「多少でも、上乗せしたらいいだろうよ」

おしまは少し考えて、

「じゃあ、五十両」

「わかった。それで、必ず話をつけてやるから、猫は預かるぞ」

桃太郎が手を伸ばすと、猫は素直に腕のなかに納まった。

「証文を書こうか？」

「要りませんよ」

「ちょっと待て。おい、新吉」

と、外に声をかけた。

新吉は気まずそうに顔を出し、

「どうも、ご無沙汰で」

と、言った。おしまは、チラリと新吉を見たが、すぐにそっぽを向いた。

「五十両で猫を返してもらうことで話をつけた。お前が証人だ。いいな？」

「へえ」

「では、外で待っていてくれ」

ずっと抱いたままで持ち帰るのは大変である。部屋の隅に、ミケを連れて来るときに使ったらしい、籐のカゴがあった。それも借りて、ミケをなかに入れた。

そのようすを見ながら、

「なにもほかの猫を飼えばいいじゃないですか」

と、おしまは言った。

「猫好きというのは、そういうものではないのだろう。やはり、自分が可愛がった猫がいちばんなのだ」

「でも、あの人、もともと猫の違いなんかわかっていませんよ」

おしまは斜めの笑みを浮かべて言った。

「どういうことだ？」

「あの人、猫にかぶれたのは、ここでなんですよ」

「そうなのか」

「最初に、あたしが別の三毛猫を飼っていて、それを可愛がったのが、あの人が猫好きになったきっかけなんです。でも、その子は前の川に落ちて流されちまったんですよ」

「……」

「あたしは、あの人ががっかりするといけないので、そっと別の三毛猫を見つけてきて、替わりに飼い始めたんですが、あの人、まったく気がつきませんでしたよ」

「そうなのか」

「だから、このミケは、じつは二代目なんです。それを三代目にしたって、どうせ気がつきゃしませんよ」

おしまは力なく笑った。

「なるほどな。しかし、今回はそういうことはすべてないしょにして、ことを丸く収めようではないか」

桃太郎の提案に、

「わかりました」

と、おしまはうなずいた。

かくして桃太郎は、讃州屋とおしまの手切れ金五十両の件について話をつけ、自分はまんまと礼金十両をせしめたのだった。

八

翌日——。

桃太郎は雨宮宅を訪ねた。昨日は終日、讃州屋の件で動き回ったので、ここには来られなかった。

もう、奉行所からは誰も来ていない。雨宮は、中間の鎌一といっしょに町回りに出てしまった。

「なにか進展はあったのか？」

桃太郎は珠子に訊いた。

「いいえ。ここの調べは、又蔵さんが動いてくれているみたいです」

「又蔵がな」

あいつが下手人を捜し当てたら、桃太郎は報奨金を百両出してもいい。

「そうだ、千賀がこれは見舞金だそうだ」

と、預かった小判を手渡した。

「こんなに」

「しばらくは、その貸家も店子は見つからんだろうよ」

「そうですね」

「あんたも大変だ」

「それはいいんですが、なんとなくご近所の目が厳しくて……。八丁堀で、こんな不祥事を起こしてと、口にこそ出しませんが、目はそう言ってます」

「あんたたちのせいではないだろうが」

「そういうものではないのでしょう」

珠子はため息をついた。

玄関の前で、桃子が黒助と遊んでいる。犬の狆助は、雨宮か又蔵のどちらかが連れて行ったのだろう。あいつなら、お貞殺しの下手人も捕まえられるかもしれない。

「桃子を遊ばせてもいいかな？」

「お願いします」

「昼飯も食べさせておくよ」

桃太郎は、桃子をしばらく歩かせると、この前のそば屋に入った。

「ああ、先日はどうも」

おやじが言った。

「うむ。今日は、冷たいうどんにしよう。わしも食べるが、うどんは桃子と半分ずつで食う」

「足りますので？」

「うむ。ほかに、天ぷらは、エビ二本にイカがあったら揚げてくれ。それと卵焼きもな」

「タレは平たい器に入れましょうか？　こぼしにくいように」

「そうしてくれ」

注文した品を持ってくると、おやじはまた、隣の縁台に座った。かなり話し好きらしい。

桃太郎は、桃子にうどんを食べさせながら、

「それで、殺された女のことだがな」

「ええ、先日は話が途切れてしまいましたな」

「殺されたお貞は、よく出前を取っていたと言ったが、ここで食ったほうが手っ取り早いのではないか？」

この前は、その返事を聞きそびれたのだ。

「ですよね。ただ、急ぎの仕事が入ったときというのは、間に合わせるのに近所に出歩く暇もなくなるらしいんです。それで、昼のうちにやって来て、夜、届けてくれと頼んで行くんですよ」

「なるほど」

「そのほか、版元の人が、夜、女絵師の先生に届けてくれと言ってきたときも、ありましたよ。そういうときは、版元の人の分もいっしょに二人前を届けました。それで書き上げた絵を急いで持って帰るんでしょうね」

「そういうことは、しょっちゅう、あったのか?」

「しょっちゅうってほどは。それでも月に、二、三度くらいはありましたね。あの女絵師は、けっこう売れっ子だったみたいですしね」

「ほう。ちなみになにを注文していた?」

好きな食いもののことでも、わかることはある。

「たいがい、ざるそばに精進揚げという注文でしたね。エビは大嫌いなんだとも言ってました」

「版元というのは、いつも同じ人か?」

「いや、何人も別の人が来てましたよ」

「そのなかに、あんたから見て、なにか怪しいというような男は?」

「さあ。そういうことは感じなかったですが……」

「版元ではない男が入り込んでいるというような気配はなかったかな?」

「あっしが見たところじゃなかったですね」

「そうか」

このおやじのことだから、けっこう無遠慮に眺めていたに違いない。ということは、そう的外れなことは言っていないはずである。

「愛想の悪い女でしたよ」

と、おやじは言った。

「ほう」

「器量は悪くはなかったですが、あれは男に好かれる女じゃないでしょう」

「だが、蓼《たで》食う虫も好き好きということもあるしな」

男女のことは、本当にわからないのである。

「なるほど。やはりおじいさまも、町方のお役人でいらっしゃったので？」

「いやいや、わしは違う。町方とは縁もゆかりもない」

桃太郎は慌てて首を横に振った。

——いかんな。

ついつい首を突っ込んでいることに気づいて、桃太郎は顔をしかめたのだった。

第四章　汚れた手の芸者

一

桃子にうどんを食べさせたあと、雨宮宅にもどって来ると、玄関脇の部屋から声をかけてきたのは、やけに派手な着物を着た初老の女で、

「あら、愛坂さま」

誰かとよくよく見たら、珠子が元いた置屋の女将だった。

「なんだ、あんたか」

「なに、怯えてらっしゃるの？　あたし、怖いですか？」

「いや、まあ……」

おきゃあとおぎゃあの姉妹のせいなのか、近ごろ、初老の女を見ると、警戒心

を抱いてしまうのだ。

「失礼ね」

「いや、怯えたんじゃない。あんた、まさか珠子に帰ってきてくれと、頼みにきたわけじゃないよな？」

桃太郎は非難がましい口調で訊いた。

「そんなあ。いくらあたしでも、町方のご新造になった人を芸者にもどすなんてことはしませんよ。それはもう、諦めました」

「そうか。それはよい心がけだ。だったら、替わりにわしが、幇間の見習いにでもなってやろうか？」

ぽんと手を打ち、くいっと片手をひねって、幇間がやる〈よいしょ〉のしぐさをした。

「おっほっほ。相変わらず冗談ばっかり。でも、愛坂さまのお顔を見たら、相談したくなっちゃった」

「おいおい、わしは、これでも忙しいのだぞ」

「桃子ちゃんと遊ぶのにでしょ」

「それはそうなのだが……」

「まあ、聞いてくださいよ」

「なんだ。手っ取り早く話してくれよ」

「ほら、去年の秋ごろから、珠子があまりお座敷に出なくなったでしょ。稼ぎ頭を失ったままだと、うちの経営も苦しいので、知り合いの上野の置屋から、目をつけていた若い芸者を引き抜いてきたんですよ」

「ほう」

「紅子《べにこ》っていいましてね。歳はまだ十七なんです」

「それは若いな」

「紅子は、ずっと珠子に憧れていたそうで、珠子がいた置屋というのでも、移る気になってくれたらしいんです。それで、若いせいもあって、芸も多少覚束《おぼつか》ないし、化粧や着物選びが下手だったんですが、あたしがいろいろ細かいところまで教えたり、仕込んだりしましてね。すると、たちまち売れっ子になってくれたんですよ」

「たいしたもんではないか」

この女将が育て上手というのは、珠子から聞いていた。

「この分だと、三年後くらいには、日本橋でもいちばんという芸者になってくれているかもしれません」

「だったら、なにも問題はないだろうが」

「ところが、この紅子、なぜか手が汚いんです」

「手が汚い？　手癖が悪いということか？」

桃太郎は目を剝《む》きながら訊いた。

「嫌だあ。そんなんじゃなくて、手が汚れているんですよ」

女将は笑いながら言った。

「なんだ。だったら、洗えばいいだけだろうが」

「ところが、洗わせても、いつの間にか、汚くなっているんですよ」

「そんなにしょっちゅうなのか？」

「しょっちゅうというほどではないんですが、でも、日に二、三度はありますかね」

「どういう汚れなんだ？」

「なんなんでしょう。野良仕事でもしてきたのか？　って感じの汚れです」

「じゃあ、野良仕事をしてきたんじゃないのか？」

「どこに畑なんかあるんですか？」

「庭に、小さな畑をつくっている隠居家など、いくらもあるぞ。わしの屋敷にも畑くらいあるしな」

「他人の家や屋敷に入って、わざわざ野良仕事して来るんですか？」

「あんたんとこの給金が少ないから、女中仕事を兼務してるんだ」

「やあね」

女将は本気で気を悪くしたらしい。珠子がわきで慌てたような顔をした。

「いや、それは冗談だ。あんたがケチじゃないことは、珠子からも聞いてるよ」

桃太郎がそう言うと、

「そうですよ。女将さんにはよくしてもらいましたよ」

と、珠子もかばった。

「すまん、すまん。だが、たしかに妙な話だな」

「でしょ？」

「女将のところに来たときも、すでにそうだったのか？」

「どうでしたかね。まさか、そんなこと思ってもみませんでしたのでね。手が汚いというのも、ひと月ほど前に、お得意さまから言われて初めて気がついたんですよ」

「当人には言ったのか？」

「もちろん言いましたよ。そしたら、あたし、がさつだから、ついつい汚してしまうんですって。気をつけますからと言われたら、あとは言うことはありませんよ」

「そうだな」

「でも、気になるんです。あの子、なんか隠しごとしてるんじゃないかって」

女将がそう言うと、

「たぶんね」

珠子もうなずいた。

「もしかしたら、自分で汚しているのかもな」

と、桃太郎は言った。

「どういうことです？」

珠子が訊いた。

「うむ。わしが目付をしていたときの先輩だったのだが、意に染まず、人を斬ってしまったことがあったのだ。すると、それからまもなくして、なんだか手に血がついているみたいだと言って、始終、手を洗っていた。日に三べんも四へんもだぞ」

「気がおかしくなったので？」

「いや、ふだん、話している分には、そんなところはまったくないのだ。ただ、手を洗っているときの顔つきは、尋常ではなかったがな」

「でも、紅子は逆で、汚いんですよ？」

と、女将は言った。

「心に傷があると、きれいにするのも汚すのも、そう違いはないのではないかな」

「ああ、それはわかる気がします」

と、珠子が言った。

「そんな話を聞いたら、ますます心配になってきちゃった。愛坂さま。調べてもらうわけにはいきませんか？」

女将が拝むように手を合わせて言った。

「ううむ」

そんなことをしている場合なのか。

「ほんとは、雨宮さまに頼もうと思ったんですけど、こんなことになっちゃってるでしょ」

　と、女将は前の貸家を指差した。

「まあ、雨宮さんはそれどころではないわな」

「ですから、愛坂さまが。もちろん、お礼はしますから」

「いや、あんたからお礼をもらうわけにはいかんよ。そうだな……まずは紅子がどういう人間かを見てみたいな。お座敷に呼びたいが、売れっ子だから難しいか？」

「あ、今日でしたら、一つ、お座敷が急に無くなったのがあります。今日の今日じゃ無理ですよね？」

「いや、大丈夫だ。では、〈百川《ももかわ》〉に来てもらうか？」

　珠子を見ると、

「そうですね」

　と、うなずいた。百川は気安くしていたので、無理は聞いてもらえるのだ。

「じゃあ、さっそくもどって、手配を済ませておきますね」

　女将は立ち上がって言った。

「わしは、友だちを一人連れて行くよ」

もちろん朝比奈留三郎を誘うつもりである。

「揚げ代はけっこうですので」

「それも大丈夫だ。あぶく銭がたんまり入ったばかりでな」

やはり讃州屋の仕事はやっておいてよかった。

二

雨宮宅から、土井堀《どいぼり》沿いにある朝比奈の屋敷に向かう途中――。

霊岸橋のたもとで、雨宮と又蔵、それに中間の鎌一に犬の狆助の一行と出会った。どう見ても、狆助がいちばん仕事ができそうである。次が鎌一で、三番目を雨宮と又蔵が激しく争っているといったところか。

雨宮と又蔵はいま、別々に動いているはずなので、連中もここで出くわし、相談ごとでもしていたらしく、桃太郎を見かけて、

「これはいいところで」

雨宮が嬉しそうに言った。

「わしは余計な手出しはしないぞ」

桃太郎は釘を刺したつもりだが、

「それはもちろんですが、まあ、話だけでも聞いてくださいよ」

雨宮はまるで気にしない。

「お貞殺しの件か？」

「そうなんです。じつは、又蔵が意外な話を仕入れてきましてね」

雨宮がそう言うと、

「じつは、あのお貞は、こんな絵も描いていたんですよ」

と、あたりをはばかるように開いて見せたのは、なんと、極彩色の春画《しゅんが》ではないか。

「これは凄いな」

桃太郎もギョッとするくらい露骨な絵である。隠してあるところはなにもなく、男女の隠すべきところが、どうだとばかり強調されている。

「ちょっと、ここじゃまずいので」

と、又蔵は道の端のほうに寄り、桃太郎ももう一度見せてもらってから、

「本当にお貞が描いたのか？」

と、訊いた。これを若い娘が描くだろうか？　意外にウブなところもある桃太

郎には、信じられない気がする。

「ええ」

　絵に名前は入っていない。

「どこでわかった？」

「絵師仲間に聞いたんです。お貞に仕事を奪われたとがっかりしてました」

「そいつは怪しいのか？」

「調べましたが、お貞が殺されたときは、箱根《はこね》に行ってました」

「そうか」

「でも、こういうのを描いているとなると、お貞を見る目も変えないといけませんね」

　と、雨宮が言った。

「ふうむ。わしはそっちの世界のことはまったくわからぬが、やはりふつうの浮世絵とは、関わる者が別なのか？」

　桃太郎は訊いた。

「いや、まるっきり別というわけではありません。売れっ子の絵師でもたいがい、春画を描いています。北斎《ほくさい》も広重《ひろしげ》も、国芳《くによし》も国貞《くにさだ》も、有名どころでも皆、描いています。稿料もいいですし、春画のほうが色をいっぱい使うことができるんで、絵師はむしろ描きたがったりするみたいです」

「であれば、お貞もやって当然だろう」

「ただ、こういうのは頭のなかだけで、想像して描くわけじゃないみたいなんです」

「ははあ」

なんとなく裏が見えてきた。

「絵師もてめえの家はまずいので、どこぞの家の二階に男と女を呼び、そこで裸にさせ、くんずほぐれつするところを、見ながら描いたりするわけです」

「その家や、男と女というのが……」

「たいがい、やくざがらみだったりするわけです」

「なるほどな」

と、桃太郎はうなずき、その絵をもう一度、見せてもらって、

「顔が気になるな」

「顔が？」

雨宮も絵をのぞき込んだ。

「浮世絵の女の顔というのは、どれも似たり寄ったりだが、この絵の顔はちょっと違うと思わないか？　似た顔がじっさいにいそうだぞ」

うりざね顔で、釣り目、鉤鼻《かぎばな》、おちょぼ口という典型ではなく、愛嬌を感じるぽっちゃりした顔になっている。

「ほんとですね」

「男もそうだろう？」

男の場合は、浮世絵でも女よりは多種多様に描かれるが、これはさほど強調のない、よくあるマヌケ面になっている。

「たしかに」

「もしかしたら、実在の男女の似せ絵になっているのかもしれぬぞ」

「なるほど」

「だとすると、そこからなにか面倒ごとが始まったという流れもあり得るわな」

そう言って、桃太郎は雨宮を見た。

「ほんとですね。おい、又蔵」

雨宮は又蔵を見た。

「わかりました。その筋を探ります」

と、駆け出そうとしたので、

「おい。お貞が描いたのはこれ一枚とは限らないだろう？」

「あ、そうですね。刷ったのはそう多くないみたいですが、そちらも探ります」

「狆助は連れて行かなくてよいのか？」

「いやいや、足手まといになるだけですから」

又蔵の言葉に、

「わんわん」

と、狆助は激しく抗議した。

狆助を連れずに去った又蔵を見送り、雨宮は預かった春画をもう一度見て、

「これはねえ」

と、顔をしかめた。

「だが、北斎や広重も描いているのだったら、そういうものなのだろうよ。だいたいが、こんなことは誰でもしていることだしな」

「いや、それにしても、これはねえ。町方としては、ちょっと……」

雨宮はやけに分別臭い顔になって言った。

三

朝比奈の屋敷に来て、わけを話すと、

「よし、わかった」

と、喜んで百川に行くことを引き受けた。朝比奈も、屋敷で隠居面しているのは、相当退屈なのだ。

「じつは、今日あたり桃のところに行こうと思っていたのだ」

歩きながら、朝比奈は言った。

「用事でもあったか？」

「瓦版を見たんだよ」

「ああ、あれか。瓦版は嘘っ八だらけだぞ。まあ、殺しがあったのは本当だがな」

「いやいや、嘘八百だけでもなさそうだぞ。雨宮のことを書いてあるものもあった」

「雨宮のこと？」

「日本橋芸者の売れっ子珠子を嫁にしたって」

「そんなことまで？」

「それどころか、雨宮は嫁に夢中で、下手人の探索には気が行っていないみたいだと」

「まったく」

と、桃太郎は憤然としたが、しかしそれはまんざら見当違いでもないのかもしれない。

「ああいう記事は、上司あたりに読まれるとまずいんじゃないのか？」

「まあ、雨宮の場合は、上司もああいうやつだとはよく知っているからな」

「だろうな」

「それに、下手人の探索はともかく、町人たちにはけっこう好かれたりしていてな」

「うん、わかる気がするな」

「まあ、そっちの担当なのではないかな」

そうでも思わないと、珠子や桃子のことまで心配になる。なにせいまは、雨宮に頼らなければならないのだ。

話すうちに百川に着いた。

「まあ、愛坂さまに朝比奈さま。お久しぶりで。桃子ちゃんはお元気ですか？」

女将は、自分の孫のことでも訊くみたいな顔で言った。

「うん、元気だ。わしも、ずっと会ってなくて、最近、ようやく会ったんだがな」

「読みましたよ、瓦版」

「そうかい。わしも心配になって駆けつけたのさ」

「心配ですよね。まさか、今日はその件もあって？」

「いや、まったく関係ない」

「そうですか。二階の隅の部屋になってしまいますが」

「かまわんさ」

二階の隅の部屋に入ると、

「お前のことだから、もう毎日、桃子のところに行ってるんだろうな」

と、朝比奈は言った。

「まあな」

「いい口実にもなるしな」

「それはそうなんだが、空き家になっていてな」

「そりゃあ、そうだろう。あそこで女が殺されたとなったら、入るやつはまずおらんだろうな。報せないわけにもいかんだろうし」

「しかも、隣の店子も逃げ出した」

「ううむ。殺されたのが、若い女というのが悪いわな。いかにも化けて出そうだし」

「そうなのさ。だが、なかなか贅沢な造りのいい長屋でな。二人しか置いていない分、店賃も割高だった。三千五百文と言っておったな」

「なるほど」

「それがいっぺんに二つ、入らなくなったのさ」

「家計が大変だ」

「ああ。町方の同心の給金など、たかが知れている。たいがいは、ほかの手づるで潤っているらしいが、雨宮にそんな才覚はあるまい」

「ないだろうな」

「珠子だって、ほかの町なら、三味線や端唄《はうた》の弟子を取ることができるが、八丁堀の真ん中で三味線《しゃみせん》の音を響かせるわけにはいくまい」

と、腕組みした桃太郎に、

「だったら、桃が入るしかないだろうよ。お前でも気味が悪いか？」

「わしは平気だよ」

「じゃあ、いいだろう」

「だから、隣も空いたと言ってるだろうが」

「わしか？」

「お前も隠居面させられて、退屈しているだろうが。年寄り扱いもされるだろうし」

「そうなんだが、わしは駄目だよ。桃みたいに、若いときから悪いことをしてこなかったから、わがままを言い出しにくい雰囲気があるのだ」

「だから、もっと遊べと言っていただろうが」

「いまさら、そんなことを言われてもなあ」

と、そんな話をしているところに、

「お待たせいたしました」

紅子が来た。

「お初にお目にかかります」

いかにも若々しい。白粉《おしろい》などは、芸者の仕事着みたいなものだから塗っているのだろうが、その下の肌の若さが透けて見えるようである。頬のふくらみには、若いというより、幼なさが残っている。

おとなしそうな顔だが、口が少しだけ大きめで、気にしているのか、すぼめるようなところがある。

「おお、評判は聞いてるよ。いい芸者が育ったというので、一度、お目にかからしてもらおうと思ってな」

と、桃太郎が言った。

「まあ、嬉しい。一度とおっしゃらず、どうぞご贔屓に」

「隠居した爺い同士でな。昔話の席でつまらんだろうが」

「いいえ。あたし、昔話、大好きなんです」

紅子がそう言うと、

「昔って、あんた、いくつだい？」

と、朝比奈が訊いた。桃太郎はもちろん知っている。

「十七です」

「十七じゃ、昔なんかないだろう」

「だから、生まれる前の話ですよ。義経《よしつね》と弁慶《べんけい》のこととか」

「それはわしらだって生まれてないよ」

朝比奈はそう言って笑った。

「赤穂《あこう》浪士の討ち入りのときは？」

「それも、わしらの生まれる前」

「失礼いたしました」

紅子は本気で詫びた。

「唄もいいと聞いてるよ。聞かしておくれ」

桃太郎は所望した。長屋の路地に流れていた珠子の唄をずいぶん聞いているので、そっちの耳には自信がついている。

「では、まだ稽古不足ですが」

と、紅子は唄い出した。

〽今朝の別れに　主の羽織がかくれんぼ
雨があんなにふるわいな
青田みなまし　がたがたと鳴く蛙

桃太郎は、珠子が唄ったのも聞いたことがある。珠子と比べたら可哀そうだが、やはりまだこなれていない感じがする。そこが可愛らしいと思う客もいるかもしれない。

ほかに三曲ほど聞き、いきなり身の上話を訊くのも警戒されるだけだろうから、他愛もない話をして、

「これからは、爺い同士の密談があってな」

と、冗談ぽく言って、紅子は先に帰した。

「今日は、手は汚れてなかったな」

と、朝比奈が言った。

「うむ。のべつ汚れているわけではないだろうしな」

「わしは、心に深い傷を負っているというふうにも見えなかったぞ」

「わしもそう思った」

芸者になったくらいだから、幸せな育ちというほどではないだろうが、深い傷を負ったような暗さは、桃太郎も感じなかった。

「ただ、十七にしては色っぽくなかったか？」

「それはわしも感じたよ」

「蟹丸も若かったが、あんなに色っぽくはなかったよな」

「うん、蟹丸は紅子と比べたら、確かに可愛いと言ったほうがいいな」

「顔は童顔なのにな」

「胸があったんじゃないか」

「留も見るべきところは見てるねえ。真面目そうな顔して」

「おい」

「声のせいもあるかな」

「ああ、ちょっとかすれたような声だったたな」

いなくなった若い芸者の色気について、あれやこれやと考察し合った。これぞ爺いの楽しみと言わんばかりだった。

四

翌日――。
桃太郎は、屋敷で朝飯を済ませると、早めに瀬戸物町の裏手にある女将の置屋を訪ねた。ここらは、去年の大家で焼けたあとに復興したので、町並みがずいぶんきれいになっている。置屋はぎりぎり延焼から免れたのだが、それでもついでにあちこち手を入れたらしく、以前より洒落た感じになっていた。

そっとなかを窺って、

「女将」

と、小声で呼んだ。玄関わきで、帳簿のようなものを見ながら難しい顔をしていたが、

「あら、愛坂さま」

「紅子は住み込みかい？」

「そうですが、いまはちょっとお使いに行ってもらってます」

「すぐもどるか？」

「まだ、もどらないでしょうが、見られたらまずいですね」

「昨夜会ったばかりだから、なにかと思うだろうな」

「身請けの相談に来たと思うかもしれませんね」

「それはないだろうがな」

桃太郎は苦笑して言った。

「では、こちらの部屋にどうぞ。もどっても、こっちには来ませんから」

と、女将は玄関わきの奥の部屋を指差した。

「では、邪魔させてもらうよ」

六畳間だが、茶簞笥やら長火鉢などで、狭く感じてしまう。こっちはこっちで、妙に艶っぽい感じはするが、仕方がない。

ふと思い出したことがある。

「なんといったかな、あんたの息子、銀次郎《ぎんじろう》のところにいた」

「はい、祥太《しょうた》ですね」

「珠子から聞いたが、だいぶ落ち着いたそうじゃないか」

去年の春ごろに出会ったときは、日本橋の銀次郎の下で、三下やくざをしていた。一度、桃太郎に突っかかってきたので、腕を摑んでねじ伏せてやったことがある。

「おかげさまで、愛坂さまに懲《こ》らしめられたり、銀次郎親分にも諭されたりしたこともあって、やくざからは足を洗い、いまは真面目に桶職人の修業をしているんですよ」

「それはよかった。じゃあ、いまはここにはいないんだな？」

「ええ。深川《ふかがわ》の熊井町《くまいちょう》の親方のところに住み込んでます」

「なるほどな」

ということは、この家には女しかいないはずである。そう思って家を眺めると、女所帯独特の匂いがし、雰囲気が漂っている。

「なんかいいね」

と、桃太郎は言った。

「なにがです？」

「いや、女だけの雰囲気だよ。いい匂いがして、なんとなく家全体が優しそうな雰囲気じゃないの」

「愛坂さま、芸者の置屋なんかそんな甘いもんじゃありませんよ。とくにいまどきの若い芸者なんか、面倒なことばっかりですから。珠子みたいにちゃんと育ってくれる子なんて、まあ、五人に一人ってとこですよ」

「そうなのか」

「ところで、昨夜はどうでした？　紅子はわりと早くもどりましたが」

「うん。昨夜は、きれいな手だったよ」

「そういうときもあるんですよ」

「それと、いきなり身の上話なんか訊いても嫌がられるだけだろうから、それは訊かなかったが、ただ、心に深い傷を負っているふうにも見えなかったな。わしの友だちもそんなふうに感じたと言っておった」

「そうですか」

「紅子の親はどうしてるんだい?」

「父親はどうもお武家さまだったみたいなんです」

「ほう」

「ただ、早くに亡くなったそうです。母親もしばらくはお屋敷で働いて、紅子を育てたみたいなんですが、身体を悪くしてお屋敷を出たみたいです」

「では、それまでは紅子も武家屋敷で育ったのか?」

「そうは言っても、父親だって、中間に毛が生えたくらいの身分だったでしょうから、紅子もお長屋みたいなところで、町人の子みたいに育ったんだと思いますよ」

「なんで芸者になったのかな」

「三味線は、お屋敷にいるときにお女中に習っていたんだそうです。それと、母親の面倒を見るため、稼がなくちゃならないって」

「そうか。ところで、紅子はあの歳にしては色っぽいな」

「色っぽいですか？」

女将は意外そうに訊いた。

「ああ、わしの友だちもそれは認めておったぞ」

「だから、指名が多いんですかね」

「そうだろうな」

「でも、当人は男につれないですよ。晩生《おくて》なんですかね、男の人は、あまり好きじゃないとも言ってますしね」

「ほう」

そのとき、玄関で下駄の音がして、

「おかあさん、ただいま、帰りました。伝言は伝えましたが、返事は少し待ってくれとのことでしたよ」

「あら、そう」

と、女将は玄関先に出て行ったが、

「紅子。手が汚れてるよ」

と、咎《とが》める声が聞こえてきた。

う。


「あら、いけない」

「どうしたんだい？」

「ああ、さっき転んで手をついてしまったんですよ。洗っておきます」

と、玄関から奥のほうへ逃げてしまった気配である。台所で、手を洗うのだろう。

もどって来た女将が、

「いまの、聞こえました？」

「聞こえたよ」

「なんなんですかね」

「うむ。このあとは、夜のお座敷まではゆっくりしているのか？」

「いいえ、紅子は昼のお座敷も入ってますので、そろそろ化粧も始めなくちゃ」

「昼のお座敷はどこだい？」

「小網町一丁目の〈正力《しょうりき》〉という料亭です」

「あそこは、焼けたところだろう？」

かなり凝った造りの店だったが、火事で跡形も無くなっていた。

「新しくなったんですよ」

「そうか。わしもそっちに行くので、あとをつけてみるか。誰か近づいて来る者がいたりするかもしれないからな」

「お願いします」

しばらく待つと、化粧を終えた紅子は、

「おかあさん、行ってきます」

「はいよ」

女将は切り火を打って、送り出した。

五

すぐに桃太郎はあとをつけた。

西堀留川《にしほりどめがわ》沿いに出ると、ゆっくり歩いて行く。

通りすがりの職人の二人連れが、紅子を見て、

「よおよお、いい女だねえ」

と、声をかけるが、まったく無視している。

途中、中之橋を渡るとき、立ち止まって、周囲を見回した。

――人を待つのか？

桃太郎は、さりげなく足を止め、ようすを窺った。誰かを探したみたいだったが、すぐにまた歩き始める。

背丈は五尺と二寸くらいはあるのではないか。かなり大きいほうだろう。歩くたびに裾が翻《ひるがえ》るさまは、きれいなものだと感心する。

こうして後ろ姿をじいっと見ていると、桃太郎はなんだかスケベ爺いになった気がする。もっとも、そういう気持ちがなくなったわけではない。多少の分別はついたけれど。

――蟹丸より若いはずだが……。

桃太郎は歩きながら首をかしげた。紅子のほうが、蟹丸よりもなんとなく成熟した感じがある。なぜ、そう思うのかはわからない。

ふと、紅子の足が止まった。

道端の店に目を向けている。

そこは小間物屋で、紅子が見ているのは、店頭に置かれた金魚の玩具《おもちゃ》だった。

しゃがみ込んで、手にも取った。

買うのかと思ったが、また歩き出した。

料亭正力は、以前より立派で、目立つ造りになっている。紅子は、

「お招きいただきました」

と、明るい声で挨拶し、なかへ入って行った。

ここまで、誰かが接触するようなこともなかったし、とくに怪しいやつが見つめていることもなかった。

ただ、桃太郎はさっきのようすが気になっている。誰かを探したようなふるまい、成熟した感じ、金魚の玩具……。

——まさか、なあ。

と、思ったが、確かめる必要がある。

桃太郎は、瀬戸物町の置屋にもどった。

「あら、愛坂さま」

「うむ。ちと、確かめたくなってな」

「紅子になにかあったんですか？」

「いや、紅子は無事に入ったよ。それよりも、ちと、気になったのだがな、紅子は子をなしているのではないか？」

と、桃太郎は訊いた。

「そうなんですか？」

「確証はない。だが、身体つきや、小間物屋の店頭の玩具をじいっと見つめるようなことをしたので、ふと、そう思ったんだよ」

「あたしは聞いてませんよ」

「母親はどこに住んでいる？」

「それも知りません」

「手が汚れるのは、隙を盗んで、子どもと遊んだりしているからではないかな」

もしかしたら、その子は、紅子の母親といっしょに近所に住んでいたりするのではないか。それで、しょっちゅう連絡を取り合い、お座敷がわかっていれば、愚図《ぐず》った子を連れて来て、子どもの声を聞かせたりするのではないか。母親なら我が子の声を聞き取って、そっとお座敷を抜け出し、遊ばせて機嫌が良くなったところでもどって来る。

泥遊びまではしないにしても、桃太郎も桃子と遊ぶと、自然と手が汚れていたりする。転んだ桃子を起き上がらせたり、あるいは涎が手についたりして、自然と汚れてしまうものなのだ。

「まあ。だったら、なんで言わないんです？」

「わけがあるのだろう」

「問い詰めてみましょうか？」

「下手すると、ここから出て行ってしまうかもしれないぞ」

隠しごとを無理にあばけば、当然、それくらいのことはするだろう。

「それは困りますよ。いまや、うちのいちばんの稼ぎ頭ですから」

女将は眉をひそめた。

「どうしようか」

桃太郎も考えあぐねている。

「ほかの芸者に話したりしてないですかね」

「親しい子はいるのか？」

「ああ、親しい子はいないですね。売れっ子になっちゃうと、ヤキモチを妬かれたりもしますし。女の世界は怖いですよ。陰で足を引っ張ったりする子もいますから」

「では、相談はしないな」

桃太郎はさらに考え、

「珠子に憧れていたと言っていたそうだな？」

と、訊いた。

「ええ。あんなふうになりたいって」

「子どもを育てながら芸者をしているということもあったのだろう」

「なるほど」

「珠子に訊ねさせてみるか」

「まあ」

桃太郎は、八丁堀の雨宮宅へと向かった。

六

翌日——。

珠子が桃子を連れて、置屋に来た。

桃太郎が、昨日、珠子に頼み込むと、

「いいですよ。でも、あたしが訊いたからといって、ほんとのことを話すかどうかはわかりませんよ」

「それはもちろんさ」

「だったら、試してみます」

それで、桃太郎は一足早く、置屋に入り込み、隣の部屋に潜んで話の成り行きを聞き取ることにした。

紅子は、やって来た珠子を見ると、

「まあ、珠子姐さん！　お会いしたかったです」

小躍りして喜んだ。

「どうも」

勝手知ったる家である。珠子は玄関を上がると、わきの部屋に腰をかけた。

「あたし、新しく入った紅子といいます。ここに来る前は、上野の置屋にいたんですが、珠子姐さんとは、二度ばかりお座敷をごいっしょしたことがあります」

「うん。なんとなく見覚えがあるわよ」

「ああ、嬉しい。あたし、珠子姐さんの唄に聞き惚れてしまって、もっと稽古しなくちゃって骨の髄まで、自分に言い聞かせたんです」

「あらあら」

「珠子姐さんのお子さんですか？　赤ちゃんを育てながら、芸者をしているとは聞いていたんですが」

「桃子っていうの」

珠子がそう言うと、桃子は自分でも、

「ももこ」

と、名乗るみたいに言った。

「ああ、可愛い」

紅子は桃子を抱き上げ、鼻水が出ていたのを、袂ですっとぬぐった。

「あら、汚い」

珠子がそう言うと、

「平気ですよ」

「子どもに慣れてるみたい」

「ええ」

「もしかして、紅子ちゃんも、子どもいるんじゃないの？」

珠子は軽い調子で訊いた。

「あ、わかります？」

「扱い慣れてるもの」

「じつは……」

と、奥のようすを窺った。女将はわざと奥の部屋に引っ込んでいる。

「あたし、十三のときに子どもを産んでいるんです」

「十三のとき！　というと、いまはいくつ？」

「数えで五つになりますが、年末生まれだったから、満だとまだ三つで、赤ちゃんみたいなものなんです」

「女の子？」

「いいえ、男の子です。小太郎《こたろう》っていいます」

「若いのに大変ねえ」

珠子の言葉には心が籠もっている。

「いいえ。可愛くてしょうがないから」

「いま、どこにいるの？」

「じつはこの近所の長屋にいるんです。あたしの母が面倒見てくれているんですが、甘えっ子で、しょっちゅうあたしは会いに行ってるんです」

桃太郎が睨んだとおりだった。

「まあ」

「いまは、粘土《ねんど》遊びが大好きで、それで何かこさえてあげると、凄く喜ぶんです。でも、手が汚れるんですよ。粘土の汚れって、ちょっと拭いたくらいじゃなかなか落ちなくて、ときどきお客さんや女将さんに叱られてるんです」

この話に、隣の部屋の桃太郎は大きくうなずいた。粘土遊びまでは想像できなかった。女の子の桃子は、あまりしたがらない遊びである。

「でも、それは、隠し切れないわね。おかあさんには話しておかないと」

と、珠子は言った。

「そうですよね」

「いま、話そうよ」

「わかりました」

珠子は女将を呼び、簡単に事情を話した。

「そうだったの。この近所にいたなんて、ちっとも気がつかなかった」

と、女将も驚いた。

「でも、紅子ちゃん、よく話してくれたわね、ありがとう」

珠子は、紅子に礼を言った。

「そんな。こっちこそ、すっきりしました。あたしも誰かに相談したかったんです。でも、誰に相談したらいいかわからなくて」

「そうだよね」

「なんか、面倒なことになりそうなんです。怖いんです」

紅子の目から涙がこぼれた。

「あのね、じつは女将さんもなにかあるんじゃないかって心配してたの」

と、珠子は言った。

「すみません」

「それで、頼りになる人にも、相談していたの」

「そうなんですか」

「おじじさま」

と、珠子は隠れていた桃太郎を呼んだ。

「よお」

と、桃太郎が隣の部屋の襖を開けて顔を見せると、

「あれ？」

紅子は不思議そうな顔をした。

「一昨日、百川の座敷で会っただろう」

「あ、あのときの」

「じつは、あんたのようすを軽く見させてもらったんだ」

「そうだったんですか」

うなずいた紅子に、

「この方は、愛坂さまとおっしゃるんだけど、じつは血の通った桃子のお爺さまなの」

と、珠子は教えた。

「まあ、そうなんですか」

「しかも、揉めごとを解決するのも凄く上手なのよ。だから、相談に乗ってもらったの。いいわね？」

「はい。よろしくお願いします」

と、紅子は桃太郎に頭を下げた。

「それで、さっき面倒なことになりそうだと言っていたな。なにを心配しているのだ？」

桃太郎は優しい声で訊いた。

「小太郎が取り上げられてしまうかもしれないんです」

「取り上げられる？　すると父親は、大店の店主あたりか？」

「いえ、お武家さまです」

「幕臣か？」

「違います。ある大名家の生まれなんです。あたしもそこのお屋敷で育ったんですが、そこの若さまと親しくなって、よくわからないうちに子どもができてしまって」

紅子は恥ずかしそうにうつむいた。

「幼過ぎて、男女のこともよくわからず、そんなことになったりするのよ」

と、女将が理解を示した。

「そのときは、若さまといっても、跡継ぎとかではなかったのですが、ややができたころに、お家の跡継ぎだった本妻のところの若さまが亡くなり、あの人が急にお大名になってしまったのです。なんか、いろいろ複雑な事情もあったみたいですが、あたしはそういうことはわからないので」

「なんと、大名の跡継ぎ騒動が関わるのか」

話が大きくなってきた。

七

「紅子ちゃん。まずは小太郎ちゃんを連れてらっしゃいよ。近くにいるんでしょ」

と、珠子が勧めた。

「いいんですか?」

「もちろんよ」

「では、すぐに」

出て行くと、ほどなくして、小太郎を抱いてもどって来た。紅子の母親もいっしょである。

「まあ、可愛い」

女将と珠子が同時に言った。

真ん丸い輪郭と目をした、金太郎人形みたいな男の子である。

「こんにちはって言いなさい」

紅子が言うと、小太郎はもじもじするばかりである。内気なところがあるらしい。だが、桃太郎の膝の上にいた桃子を気に入ったらしい。真ん前に座って、じいっと桃子を眺めるそのようすも可愛らしくて、周りにいた者は皆、声を上げて笑った。

「それで、新たに藩主になったお殿さまには、すでに男の子がいると」

桃太郎が話をもどした。

「はい」

「藩主とは会ったのか？」

「いえ。あのときから一度も」

紅子はつらそうに首を横に振った。

「どうなっている？」

桃太郎は、紅子の母親のほうに訊いた。

「あたしも詳しいことはわからないんです。ただ、お殿さまというのは、若くしてこんなことになりましたが、真面目な人で、紅子のこともずっと気にしてくれているらしいのです。それで、できれば紅子と小太郎の二人を城に迎え入れたいとおっしゃっているとは、使いの方からお聞きしました」

「ふうむ」

「ただ……」

　と、母親は言い淀んだ。

「どうした？」

「反対する人たちもいるみたいです」

「そうだろうな」

　おなじみの権力争いである。血筋などというのは、一本に限らず、必ずどこかで枝分かれして、跡継ぎの候補なども探せばけっこう出てくるものなのだ。

「それで、紅子はどう思ってるんだ？」

　と、桃太郎は
「取り上げられたくありません。あたしがずっと育てたいです。珠子さんみたいにして」

「小太郎が大名に出世するなら？」

「……」

「あんたも、お城に入れば、いわゆる玉の輿だぞ」

「それで幸せになりますか？　あたしも、小太郎も？」

「それはわからんな」

おそらく大名の暮らしなど、そう楽しいものではないはずである。まして、裕福な藩ならいいが、年貢を取り立てるのも可哀そうなくらい、米の生産高が低かったり、天候に悩まされたりすれば、領民の窮乏に心を痛めなければならない。そうしたことに心を動かさない、頭の鈍い人間ならともかく、まともな良識を持った者なら、大名というのは苦悩に満ちた立場であるに違いない。

「どこの家中かは言いたくないか？」

と、桃太郎は訊いた。

「………」

「ま、わしは探ろうと思えば、探ることができるぞ」

ハッタリではない。紅子に接触してくる者の後をつければいいだけで、さほど難しいことではない。

「言います。どこにあるのかはわからないのですが、伊予《いよ》の吉田山藩《よしだやま》というところだそうです」

「そうか」

大藩ではない。石高も確か、一万数千石だった。それくらいだと、領地の経営も楽ではないはずである。

「江戸から遠いのですか？」

紅子が訊いた。

「遠いな。四国だよ」

「そうなのですか」

江戸から遠いというのに落胆したらしい。若い娘の気持ちとしては当然だろう。

「それで、正式にはなにか言ってきたのか？」

「いえ。ただ、近ごろ、お座敷の行き帰りになんだか見張られているような気がしているんです。なんか、この子を無理に取り上げられそうで」

紅子はそう言って、小太郎をギュッと抱き締めた。


「なにか手を打とう」

と約束はしたが、どんな手を打つべきか、悩ましいところである。

桃太郎は朝比奈に相談することにした。

浜町堀沿いの屋敷に行くと、朝比奈は近くに出かけていて、待っていると、八つ（午後二時）ごろになってようやくもどって来た。桃太郎は、昼飯まで出してもらっている。

「よう、桃、なにかあったのか？」

「うむ。じつはな……」

ざっと話を聞き、

「桃。それは、取り上げられるどころではすまないかもしれんぞ」

と、朝比奈は言った。

「そうなのさ」

逆に、狙われる可能性もある。というより、すでに狙われている気がする。

「それでどうする？」

朝比奈は訊いた。

「まずは、藩のようすを知りたいわな」

「探るか」

「ああ。待っていても埒は明くまい」

「あそこは確か、亀田矢之助《かめだやのすけ》と親戚だったな」

と、朝比奈が言った。

「そうなのか」

幕臣の旗本と大名家とは、まったく関わりがないと思われがちだが、意外にそうでもない。遠縁だったり、互いに婿になったり嫁に出したりと、身近な間柄だったりすることは珍しくない。

亀田矢之助は、やはり目付をしていて、桃太郎たちより三年ほど早く隠居をした。桃太郎たちに近い、無鉄砲組と言われたような男で、いまも元気で暮らしているはずである。

「屋敷はたしか、薬研堀《やげんぼり》のそばだったな」

「そうだ」

「行ってみよう」

と、二人は亀田の屋敷に向かった。

亀田は、桃太郎と朝比奈の訪問を喜び、隠居のための別棟に入れてくれた。二間だけの建物だが、庭の池に突き出すようにして建つ、洒落た造りである。妻は、去年亡くなり、ここでしょっちゅう近くの碁仲間を集めて、遊んでいるらしい。

「じつは、伊予の吉田山藩について、知りたいことが出てきてな。あんた、親戚筋なんだって？」

と、桃太郎が訊いた。

「亡妻《ぼうさい》が先々代の藩主の娘さ」

亀田が答えた。

「そうだったのか」

「だが、お姫さまとは程遠いぞ。内情はかつかつだったからな」

「まあ、一万石ちょっとじゃそうだろうな」

「それでも、派閥争いがあったりする。近ごろ、藩主が若くして亡くなって、急遽、側室の子が藩主になったのだが、別口もあって、ごたごたしているらしい。知りたいのはそこらのことか？」

「まあな。争っているのは、江戸と国許か？」

桃太郎が訊いた。

「ああ、おなじみの構図だよ。江戸は現藩主派だが、下屋敷のほうに国許派が巣食っているらしいな」

「なるほど」

「関わるのか？」

亀田が苦笑しながら訊いた。

「いや、深入りはせぬ。ただ、哀れな娘に頼まれてな」

「おなごに弱い桃太郎だからな」

「弱いかな。はっはっは」

桃太郎は笑った。

「だが、連中ももう少し、時が経つのを待てばいいのだ。藩主はまだ若いのだから、自然となるようになる。それを変に気が逸っている連中がいるらしくてな。ま、当然、押され気味だからだろうが」

「なるほど。では、とりあえずの揉めごとを治めればいいわけか」

「そうだよ」

「やれるかもな」

と、桃太郎は朝比奈を見た。

「そうだな」

朝比奈もうなずいた。

「荒っぽいことになるのか？」

亀田は心配そうに訊いた。

「なりゆきによってはな」

「わしは関われぬぞ」

「いや、あんたはいいよ。なまじ親類は、関わらぬほうがいい」

「あんたたちもまずいことになるのではないか？」

「わしらは大丈夫だ。別に、それで儲けようとか、邪心はいっさいない」

「そうか」

「まあ、結果はそっと教えるよ」

と約束して、桃太郎と朝比奈は、亀田の屋敷を出た。

八

「どうする？」

歩きながら朝比奈が訊いた。

すでに日が落ち始めて、西の空が茜色に染まっている。

「向こうも江戸の真ん中でそうそう荒っぽいことはやるまい。見張りをつけておいて、なにかしでかしそうになったら、騒がせればいいだろう」

「そうだな」

「とりあえず、それでようすを見る。わしの屋敷の者を何人か、駆り出すよ」

と、桃太郎は言った。松蔵など数人を借りれば、充分、足りるはずである。

とりあえず、紅子にその旨を伝えようと、瀬戸物町にやって来ると、

――ん？

置屋の近くに怪しい武士がいる。

「おい、桃」

朝比奈も気づいた。

「ああ、何人だ？」

「三人だろうな」

「こっちから突っついてしまうか」

と、桃太郎は言った。

「やるのか？」

「斬り合いまでにはなるまい。脅しをかければ、引っ込むさ」

桃太郎はいささか甘くみた。

たそがれどきである。通りに人けがなく、変にひっそりしている。

桃太郎は、気配を消しながら、後ろから近づき、

「おい」

と、声をかけた。

「なんだ？」

相手はギョッとしている。

「そなたたち、小太郎になにか手出ししようとしているだろうが、そうはさせぬぞ」

「誰だ、きさま？」

「誰でもいい。お前らのしようとしていることはわかっている。だから、なにもせず、おとなしくしていろと言うのだ」

「山岡《やまおか》の手の者か？」

「そんな男は知らん」

「佐々木《ささき》か？」

江戸派にもいろいろいるらしい。

「見当違いだな。わしは貴藩の派閥とはなんの関係もない」

「ならば、邪魔する者は斬るぞ」

手前の男が刀に手をかけた。

脅しだと見当がついたが、桃太郎はいきなりもう一人のほうに飛んで、裏拳を顔面に叩き込んだ。

「あっ」

ひるんだところを、脇腹にもう一度、拳を放った。あばら骨の一、二本は罅《ひび》が入ったかもしれない。

「爺い。なにをする」

今度は手前の男が刀を抜いてきた。

だが、腰が引けている。実戦に慣れていないのだ。

桃太郎のほうは百戦錬磨である。刀を抜いて、つつっと接近すると、地摺《じず》りの構えから剣を撥ね上げた。

「うわっ」

相手の手を下から叩いた。斬ってはいない。それでも、指の骨が折れたのだろう。痛みのあまり、刀を落として、地面に倒れこんだ。

朝比奈を見た。

すでにもう一人と対峙していて、首を、くいっ、くいっと動かしている。

――おい、やるのか、あれを？

相手は冷笑を浮かべていたが、ぐっと踏み込んだ。

同時に、朝比奈の身体が沈んだ。

沈み切る前に、相手の剣が朝比奈を襲った。

——うわっ。

桃太郎は思わず目をつむった。

ゆっくり目を開けると、相手は地面をのたうち回っていた。

「斬ったのか？」

朝比奈に訊いた。

「腹の皮一枚だけな。あとは峰で腕を叩いておいた」

朝比奈のほうは、ざんばら髪になっている。変な頭になったと、よくよく目を凝らすと、どうやら丁髷《ちょんまげ》を斬り落とされてしまったらしい。

「わしらは、隠居したが幕府の目付をしていた者だ」

刀を納めながら、桃太郎は言った。

目付という言葉に男たちはギョッとなった。なんとなくいい気分である。肩で風を切っていた時代を思い出してしまう。

「名乗ろうか？　わしは愛坂桃太郎」

「同じく元目付、朝比奈留三郎」

「……」

三人は、痛みに耐えながら、互いに顔を見かわしている。

「もちろん、二人の倅は現役の目付だし、大目付とも昵懇《じっこん》の仲だ。どういうことかわかるな。江戸市中でこのような騒ぎを起こし、しかも、卑劣な手段で幼い子どもの命までも奪おうとするとは、藩の廃絶にもなりかねぬぞ」

騒ぎを起こさせたのは桃太郎たちだが、ここは勢いで言いくるめてしまわなければならない。

「ううっ」

「わしが大目付に報告すると、どういうことになっていくか、わかるな」

「……」

「まずは大目付がそのほうたちの屋敷に伺うことになろう。もちろん、その際はわしらも同行する所存」

「……」

下手すると、こいつらはこのまま下屋敷あたりにもどってすぐ切腹することになるが、そうはさせたくない。

「ただし、そのほうらがあの幼い小太郎に二度と手出しせぬと約束するなら、とりあえず今回は見逃してもよい。どういたす?」

「わかった」

「ただ、わしらもそなたたちのふるまいについては、書面にして倅たちに渡しておくくらいはするがな。もしも、約束をたがえた場合には、ちゃんと動けるようにな。もちろん、目付筋との約束をたがえたりすれば、貴藩はおそらく廃絶の憂き目を見ることになるだろう。言っておくが、当然、そなたたちがいずこの藩の者であるかは、すでにわかっているからな」

「ううっ」

「もう一度、訊く。二度と小太郎に手出しはせぬな?」

「約束する」

悔しそうに桃太郎を見てうなずいた。

「そなたたちの背後には当然、藩の重鎮もいるであろう。そのお人にも、くれぐれも伝えておくようにな」

「あい、わかった」

「では、屋敷へもどられい」

男たちは、痛むところを押さえながら、すごすごといなくなった。

「これで大丈夫だろう」

男たちを見送って、桃太郎は言った。

「ああ。目付筋と知ったら、もう手は出せぬさ」

朝比奈は、頭に手を当てながら言った。

「それにしても、あんた、危ないところだったぞ」

「まったくだ」

「いきなりあれをやるとは思わなかった」

「わしだって驚いたよ」

「爺いになると、意外に大胆になるんだ」

「桃だって、人のことは言えまい。さっきもいきなり裏拳だぞ」

「そうだった」

こういう無鉄砲な行動も、耄碌《もうろく》の始まりなのかもしれない。

九

その翌日――。

桃太郎は、お貞が住んだ家に来ていた。今日から、ここで暮らすことにしたのだ。

桃子が桃太郎にからみついて、胸元を開いてなかに入り込もうとしたり、首ねっこにぶら下がったりしている。涎だかなんだか、べたべたした手で、桃太郎の顔を撫でたりもする。それでも桃太郎は、ニコニコしながら、好き放題にさせている。

「おじじさま。ほんとに申し訳ありません」

珠子が頭を下げた。

「詫びることなどない。こっちは置いてもらうんだ」

「そんな」

「いや、本当だ。わしは桃子に会いたくて、我慢しているあいだ、退屈で退屈で、この分だと、頭が惚けてしまうのではと、心配になったくらいだ」

「おじじさまが惚けるなんてことは」

「あり得るんだよ、珠子。人間というのは、そんなに強靭《きょうじん》な生きものではない。それはつくづく思うよ」

「それはともかく、桃子はこんなに喜んでいるのですから」

桃子はいまや肩に這い上がり、いまにも頭の上に乗りそうである。桃太郎は落っこちないように手を添えながら、

「ほんとにありがたいよな」

と、言った。こんな爺いに、これほど懐いてくれるなんて、幸せという以外のなにものでもない。

「じゃあ、桃子を預けておいていいですか？　あたしは洗濯を済ませてきますので」

「もちろんだよ」

珠子は母屋にもどって行った。

と、そこへ――。

雨宮と又蔵たちがやって来た。ただ、今日は狆助は連れていない。

「愛坂さま。ここに住んでいただけるそうで？」

と、雨宮が嬉しそうに訊いた。

「ああ。この前見て、なかなかいい家だと思ったのでな。それより、その者たちはどうしたんだ？」

雨宮たちは、男女二人を連れて来ていた。縛ってはいないので、罪人ではなさそうだが、しょっぴいてきた感じもある。

「いや、ぜひ、愛坂さまにこいつらを見ていただこうと思いまして」

「わしに？」

「見覚えはありませんか？」

雨宮は二人を押し出すようにした。

男はマヌケ面、女は愛嬌のあるぽっちゃりした顔。

「あ、お前たちは……！」

春画の二人である。

「ようやく見つけ出したんですが、こいつらはやくざとはまるで縁のない、おかしな夫婦なんですよ」

「やくざだなんて滅相もない。あっしらは築地《つきじ》小田原町《おだわらちょう》で八百屋をしています、まったくの堅気《かたぎ》ですよ」

と、男が言った。

「堅気があんなことするのか?」

桃太郎が呆れて訊いた。

「いや、昔からあっしら夫婦は春画が好きで、一度、ああいう絵に描かれてみたいと思って、知り合いの版元に頼んでおいたところ、あの女絵師を紹介してもらいまして」

「そうなのか」

桃太郎はもう聞きたくもなかったが、

「まったく、あんなのを見られて恥ずかしくないのかと訊いたら、嬉しくて、もっと見てもらいたいんだとかぬかすんですよ。誰かに、春画の男女じゃねえかと声をかけてもらえるのを心待ちにしているんだそうで。だから、お貞のことは恨みもなにもなく、あんなことになってがっかりしているんだそうです」

と、雨宮が言った。

「そうなのか」

「だいたい、版元がお貞のことはなにも伝えてなくて、住んでいる場所なども知らないはずだそうです」

「そうなんです。お貞さんにはうちに来てもらいましたのでね」

「そうか。わかったよ」

「いちおう愛坂さまにもご納得いただこうと思いまして」

「それは、ご苦労だったな」

雨宮は役宅には立ち寄らず、又蔵たちといったん奉行所にもどるらしかった。

ふたたび桃子と遊び始めると、

「おい、桃」

今度は朝比奈が顔を出した。

「あれ？　どうした？」

「駄目だ。やはり、この頭は隠しきれぬ」

手ぬぐいで頬かむりみたいにしているが、変である。

「そりゃあ、そうだろう」

「髷を落とすなんて、斬り合いしかあり得ないし、この歳でそんなことをしたと家の者に知れたら、わしはもう外には出してもらえなくなる」

「だろうな」

朝比奈家というのは、堅物ばかりなのだ。

「髪の恰好がつくまで、隣に住まわせてくれ」

「家の者にはなんと言うのだ？」

「桃に無理やり頼まれたと言えば、あの方だったらしょうがないとなるだろうよ」

「また、わしのせいかい」

こうして、またワルの評判が立ってしまうのだ。

「ところで桃は、すんなりここに住むことを納得してもらえたのか？」

「すんなりと言うか……荷物は蒲団《ふとん》だけだから、それは松蔵に頼んで、先に届けておいてもらったのさ。それから、しらばくれて屋敷を出ようと思ったのだが、門の手前で千賀に見つかってしまったよ」

「千賀さんは怒っていただろう？」

「怒りはしなかった。だがな、ふっとため息を一つついてな、こう言ったよ。お前さま、またですかって」

「またですか、かあ」

「懲りないですね、と言いたげだったよ」

朝比奈も、その光景が目に見えるようだったらしく、

「あーあ」

と、桃太郎といっしょに苦笑するばかりだった。

この作品は双葉文庫のために書き下ろされました。

双葉文庫

か-29-56

わるじい義剣帖《ぎけんちょう》（一）

またですか

2023年9月16日　第1刷発行

【著者】
風野真知雄《かぜのまちお》

【発行者】
箕浦克史
【発行所】
株式会社双葉社
〒162-8540 東京都新宿区東五軒町3番28号
［電話］03-5261-4818(営業部)　03-5261-4833(編集部)
www.futabasha.co.jp(双葉社の書籍・コミックが買えます)
【印刷所】
中央精版印刷株式会社
【製本所】
中央精版印刷株式会社

【フォーマット・デザイン】
日下潤一

ISBN978-4-575-67173-5 C0193
Printed in Japan